LE FACTEUR ÉMOTIF

Denis Thériault

LE FACTEUR ÉMOTIF

Texte révisé par Elisabeth Samama

Éditions Anne Carrière

Du même auteur

L'Iguane, coll. « Romanichels », Montréal, XYZ éditeur, 2001 ; prix France-Québec Jean-Hamelin 2001 ; prix Anne-Hébert 2002 ; prix Odyssée 2002.

La Fille qui n'existait pas, coll. « Romanichels », Montréal, XYZ éditeur, 2012.

Le Facteur émotif a gagné le Prix littéraire Canada-Japon, 2006

ISBN : 978-2-8433-7765-5

www.anne-carriere.fr

À Louise et Guy

1

Tourbillonnant comme l'eau
contre le rocher
le temps fait des boucles

La rue des Hêtres était surtout plantée d'érables. Elle présentait au regard une double rangée d'immeubles de trois ou quatre étages. On accédait aux appartements par des escaliers extérieurs. Ces escaliers, la rue en alignait cent quinze, pour un total de mille quatre cent quatre-vingt-quinze marches. Bilodo le savait car il les avait comptées et recomptées, en les gravissant chaque matin, l'une après l'autre. Mille quatre cent quatre-vingt-quinze marches d'une hauteur moyenne de vingt centimètres, pour un total de deux cent quatre-vingt-dix-neuf mètres. Plus d'une fois et demie l'altitude de Place Ville Marie. C'était en fait l'équivalent de la tour Eiffel qu'il se tapait ainsi jour après jour, par n'importe quel temps, sans oublier qu'il fallait aussi redescendre. Aux yeux de Bilodo, ce marathon vertical n'avait rien d'un exploit. C'était plutôt un défi quotidien sans lequel sa vie lui aurait paru bien plate. Se considérant comme une sorte d'athlète, il ressentait des affinités particulières avec les marcheurs de fond, ces fiers spécialistes de la longue distance, et se prenait parfois à regretter qu'il n'existât pas, parmi toutes les admirables disciplines de l'effort soutenu, une catégorie spéciale pour les grimpeurs d'escaliers. Il aurait sans doute fait bonne figure au 1 500 marches ou au 250 mètres montée-descente. S'il y avait eu une épreuve d'escalade des degrés aux Jeux olympiques, Bilodo aurait eu d'excellentes chances de se qualifier, et peut-être même de franchir la marche ultime et glorieuse, la plus haute du podium.

En attendant, il était facteur. Il avait vingt-sept ans.

*

Bilodo parcourait le même circuit depuis cinq ans dans Saint-Janvier-des-Âmes, quartier populaire au cœur duquel il avait d'ailleurs déménagé pour se rapprocher de son lieu de travail. Durant toutes ces années de loyaux services, il n'avait chômé qu'une journée afin d'assister aux funérailles de ses parents décédés dans un accident de funiculaire à Québec. On pouvait qualifier Bilodo d'employé assidu.

Le matin, au Centre postal, il commençait par trier le courrier. Il s'agissait de classer chaque enveloppe ou colis dans l'ordre de distribution, et d'en faire des paquets qu'un préposé en camionnette irait déposer d'avance dans des boîtes tout au long du parcours. Cette tâche fastidieuse, Bilodo savait l'accomplir avec une rare diligence. Sa méthode de classement personnelle mêlait la technique de distribution des cartes du croupier et celle du lanceur de couteaux : telles des lames catapultées avec une mortelle précision, les enveloppes filaient vers la cible, allant s'insérer dans les casiers appropriés. Bilodo manquait rarement son coup. Cette habileté lui permettait de finir bien avant les autres, et c'était tant mieux, car ensuite il pouvait s'évader. Sortir, prendre le large, s'abreuver de grand air et goûter le parfum d'un nouveau jour, marcher dans le matin sans personne pour lui dicter sa conduite ; Bilodo ne connaissait rien de plus exaltant.

Certes, tout n'était pas rose. Il y avait les maudites circulaires à distribuer, les douleurs dans le dos, foulures et autres petites blessures ordinaires ; il y avait les canicules d'été écrasantes, les pluies d'automne transperçantes, le verglas en hiver qui transformait la ville en une périlleuse patinoire, et le froid qui pouvait être mordant, tout comme les chiens d'ailleurs, ces ennemis naturels du postier. Mais la satisfaction de se savoir indispensable à la collectivité compensait ces inconvénients. Bilodo avait le sentiment de participer à la vie du quartier, d'y jouer un rôle discret mais essentiel ; livrer le courrier consciencieusement contribuait au maintien du bon ordre de l'univers. Il n'aurait voulu échanger sa place avec personne au monde. Sauf peut-être avec un autre facteur.

*

Bilodo déjeunait ordinairement au Madelinot, un restaurant situé non loin du Centre de tri, et, après le dessert, il prenait un moment pour s'adonner à la calligraphie, qu'il pratiquait en amateur. Une fois son cahier et ses plumes sortis, il s'installait sur le comptoir et transcrivait quelques mots d'un journal ou un extrait du menu, obnubilé par les évolutions chorégraphiques de la pointe sur le papier, valsant parmi les pleins et les déliés de l'anglaise, voltant avec l'onciale opulente ou ferraillant avec la gothique, se prenant volontiers pour l'un de ces braves moines copistes médiévaux n'ayant vécu que d'encre et d'eau fraîche, la vue affaiblie, les doigts gelés par l'exercice mais l'âme réchauffée. Aux Postes, ses collègues n'y comprenaient rien. Surgissant au Madelinot en bande bruyante pour y déjeuner, ils raillaient les travaux d'écriture de Bilodo. De puérils gribouillis, disaient-ils. Bilodo ne s'en formalisait pas car ses amis n'étaient, au fond, coupables que d'ignorance ; à moins d'être un adepte éclairé et fervent, comment pouvait-on goûter la subtile beauté d'un trait, le délicat équilibre des proportions régissant la ligne formée avec soin ? La seule qui semblait capable d'apprécier, c'était Tania, la serveuse, toujours gentille, qui paraissait s'intéresser sincèrement à ses calligraphies et les jugeait belles. Une jeune femme sensible, à n'en pas douter. Bilodo l'aimait bien. Il lui laissait toujours un gros pourboire. S'il avait été un peu plus attentif, il aurait remarqué qu'elle l'observait souvent du coin de la caisse et que c'était toujours devant lui qu'elle déposait la plus grosse part de tarte, mais il ne s'en rendait pas compte. Ou préférait-il ne pas le voir ?

Bilodo ne regardait plus les femmes depuis que Ségolène était entrée dans sa vie.

*

Bilodo vivait au neuvième étage d'une tour, dans un trois pièces tapissé d'affiches de films et en compagnie de Bill, son poisson rouge. En soirée, il jouait à Halo 2 ou à Dungeon Keeper, puis dînait de plats tout prêts en regardant la télé. Il ne sortait guère. Seulement un vendredi de temps en temps, quand Robert se faisait trop insistant. Robert, un collègue des Postes, préposé à la levée du courrier, était aussi son meilleur ami. Robert sortait souvent, lui, presque chaque soir, mais Bilodo acceptait rarement de l'accompagner, car il n'aimait guère les boîtes enfumées, les raves étourdissantes et les clubs de danseuses nues où son ami l'entraînait. Il préférait rester chez lui, loin de l'agitation du monde et des postérieurs féminins, et plus que jamais depuis que Ségolène était entrée dans sa vie.

De toute façon, il avait mieux à faire de ses soirées. Bilodo était fort occupé, le soir, chez lui. Après la télé et la vaisselle, il verrouillait la porte et se livrait à son vice secret.

2

Bilodo n'était pas un facteur comme les autres. Parmi les milliers de paperasses sans âme qu'il distribuait, il lui arrivait de tomber sur une lettre personnelle, objet de plus en plus rare à l'ère du courrier électronique et d'autant plus fascinant. Bilodo éprouvait alors une émotion comparable à celle de l'orpailleur trouvant une pépite dans son tamis. Cette lettre, il ne la livrait pas. Pas tout de suite. Il l'emportait chez lui et l'ouvrait à la vapeur. Voilà ce qui l'occupait, le soir, dans le secret de son foyer.

Bilodo était un facteur indiscret.

Du courrier personnel, lui n'en recevait jamais, à regret, faute de personnes assez intimes avec qui correspondre. À une époque, il s'était envoyé des lettres, mais l'expérience l'avait déçu. Il avait cessé de s'écrire peu à peu, et ça ne lui manquait pas; il ne s'ennuyait pas de lui-même. Autrement attirantes étaient les lettres des inconnus. De vraies lettres, écrites par de vraies personnes qui préféraient à la reptilienne froideur du clavier et à l'instantanéité d'Internet le sensuel acte d'écrire à la main, la délicieuse langueur de l'attente; des épistoliers dont c'était le choix délibéré et dont on devinait parfois qu'ils agissaient selon une question de principe, une prise de position en faveur d'un mode de vie moins soumis à la course contre le temps et à l'obligation d'être performant.

Il y avait les lettres comiques que Doris T., de Maria en Gaspésie, écrivait à sa sœur Gwendoline afin de lui rapporter les ragots locaux; ou celles poignantes que Richard L., détenu au pénitencier de Port-Cartier, adressait à son jeune fils Hugo. Il y avait les longues épîtres mystiques que sœur Régine, de la congrégation du Saint-Rosaire de Rimouski, faisait parvenir à sa vieille amie Germaine; et ces petits contes érotiques que Laetitia D., une jeune infirmière temporairement exilée au Yukon, rédigeait à l'intention de son fiancé esseulé; et aussi ces étranges missives dans lesquelles un mystérieux O. conseillait un certain N. sur la manière d'invoquer différentes créatures surnaturelles en toute sécurité. Lettres de parents proches et de correspondants lointains, de dégustateurs de bière échangeant leurs notes, de globe-trotters distrayant leurs mères, de chauffeurs de locomotives retraités inventoriant les douleurs dues à l'âge ; il y avait ces lettres un peu trop rassurantes que des militaires expédiaient d'Afghanistan à leurs épouses angoissées, les mots inquiets où des oncles rappelaient à leurs nièces les secrets à ne révéler pour rien au monde, les avis de rupture d'acrobates de cirque de Las Vegas à leurs anciens amants, et même des lettres de haine bourrées d'injures qui débordaient jusque sur l'enveloppe, mais surtout il y avait des lettres d'amour. Car même en dehors de la Saint-Valentin, l'amour restait le plus commun des dénominateurs, le sujet qui ralliait la majorité des plumes. L'amour décliné à tous les temps et sur tous les tons, servi à toutes les sauces sous forme de lettres enflammées ou courtoises, tantôt coquines tantôt chastes, sereines ou dramatiques, violentes parfois, souvent lyriques, d'autant plus émouvantes que les sentiments s'y exprimaient en termes simples, jamais autant cependant que lorsqu'ils se dissimulaient entre les lignes et derrière les mots anodins, se consumant en filigrane.

Après avoir lu et relu la lettre du jour, après l'avoir dégustée, Bilodo en faisait une photocopie pour ses archives, qu'il rangeait dans le dossier de couleur correspondant, puis dans un classeur à l'épreuve du feu. La lettre originale, il la scellait adroitement dans son enveloppe et la déposait le lendemain dans la boîte de son destinataire comme si de rien n'était. Il se livrait à cette activité clandestine depuis deux ans. C'était un crime, il en était conscient, mais la culpabilité n'était qu'un spectre falot comparée à la curiosité souveraine. Après tout, personne n'en souffrait, et lui-même ne risquait pas grand-chose à condition de rester prudent. Qui allait s'inquiéter d'un retard de vingt-quatre heures dans la livraison d'une lettre ? Et pour commencer, qui pouvait savoir qu'il y avait retard ?

*

Bilodo interceptait et suivait ainsi une trentaine de correspondances qui, réunies, formaient une sorte de feuilleton aux multiples intrigues. Ou plutôt la moitié d'un feuilleton, dont la seconde partie, celle de la réponse, lui était malheureusement inaccessible. Il se plaisait à l'imaginer, rédigeant des réponses élaborées qu'il n'expédiait jamais, et s'étonnait souvent de constater avec quel naturel la lettre suivante s'enchaînait à sa propre réponse occulte.

C'était ainsi. Bilodo vivait par procuration. À la fadeur de l'existence, il préférait son feuilleton intérieur plus haut en couleur et riche en émotions, et de toutes les lettres qui constituaient ce petit monde secret, nulles ne le mobilisaient ni ne l'émerveillaient davantage que celles de Ségolène.

3

Ségolène vivait à Pointe-à-Pitre, et elle écrivait régulièrement à un certain Gaston Grandpré, rue des Hêtres. Il y avait deux ans que Bilodo interceptait ses lettres, et lorsqu'il en trouvait une en classant le courrier, il éprouvait toujours le même ébranlement, le même frisson sacré. Il glissait discrètement la lettre dans sa veste, et ce n'était qu'une fois seul sur la route qu'il la ressortait, la tournait et la retournait, palpant l'excitante promesse et laissant libre cours à son émotion. Certes, il aurait pu l'ouvrir sur-le-champ et s'en repaître déjà, mais il préférait attendre ; ne s'accordant que le plaisir fugitif de respirer l'effluve d'orange qui imprégnait l'enveloppe, puis il la remettait bravement dans sa poche et, toute la journée, il la gardait contre son cœur, résistant à la tentation, prolongeant le plaisir de l'attente jusqu'au soir, après la vaisselle. Alors venait le moment où il faisait brûler quelques gouttes d'essence d'agrumes, allumait des bougies, mettait un disque planant de jazz norvégien et, enfin, il décachetait l'enveloppe, pénétrait délicatement l'intimité du pli et lisait :

Telle une loutre enjouée
le bébé naissant
nage sous l'eau claire

Bilodo pouvait le voir. Il le voyait clairement, ce bébé tout nu dans l'aqueuse luminescence de la piscine post-natale, qui nageait vers lui comme vers sa mère, comme vers les bras tendus d'une sirène qui aurait été sa mère, et qui le regardait avec des yeux très bleus de salamandre éberluée, ignorant qu'il ne savait pas nager, n'ayant pas encore désappris, ne se doutant pas que c'était dangereux, l'eau, que c'était un élément étranger, qu'on pouvait s'y noyer, ne sachant rien de tout ça et se contentant de bouger, de suivre son instinct, de garder la bouche fermée et de nager tout simplement. Bilodo le voyait très bien, ce petit pinnipède, ce drôle de gnome sous-marin aux traits plissés par son extrême jeunesse et aux narines ornées de bulles qui se coulait dans l'onde voluptueuse, et Bilodo riait car c'était inattendu, car c'était drôle, touchant. Et il croyait flotter lui aussi, il entendait l'eau bourdonner contre ses tympans, il avait l'impression d'être dans cette piscine en compagnie du bébé car telle était la vertu du petit poème, car tel était le pouvoir d'évocation de tous ces étranges petits poèmes qu'écrivait Ségolène : ils faisaient sentir des choses, ils vous les faisaient voir.

Les lettres de la Guadeloupéenne ne contenaient rien d'autre. Toujours un seul feuillet sur lequel était écrit un seul poème. C'était peu, et pourtant généreux, car ils vous nourrissaient autant que tout un roman, ces poèmes, ils s'inscrivaient dans l'âme, n'en finissaient plus d'y vibrer. Bilodo les apprenait par cœur et se les redisait en marchant le matin. Il les conservait précieusement dans le premier tiroir de sa table de chevet, et le soir il aimait les étaler autour de lui, en une sorte de cercle mystique, puis les relire l'un après l'autre...

Lent courant du ciel
la débâcle des nuages
icebergs égarés

Délaissant sa harpe
l'araignée fait le grand saut
reine du bungee

Coups de marteau dans la rue
on cloue les volets
le cyclone approche

Au large la nuit
le requin bâille distrait
croque un poisson-lune

Elles dansent les coupes
tanguent sur la nappe
que gonfle un souffle d'été

Les poèmes de Ségolène, si différents l'un de l'autre et cependant identiques par la forme puisqu'ils étaient toujours composés de trois vers : deux de cinq syllabes et un de sept, au total dix-sept syllabes, ni plus ni moins. Toujours cette même structure mystérieuse, comme s'il s'agissait d'un code. Pressentant que cette constance devait avoir une finalité précise, Bilodo s'était interrogé jusqu'au jour où, par hasard, après des mois de vagues suppositions, il avait enfin découvert de quoi il retournait. C'était un samedi matin, alors qu'il petit-déjeunait au Madelinot en lisant le journal : au beau milieu d'une page, il avait eu la vision inattendue de trois lignes qui semblaient former un bref poème. Il en avait avalé son café de travers. Comportant bien deux vers de cinq syllabes et un de sept, le poème se révélait par ailleurs décevant. Il se contentait de commenter ironiquement l'actualité ; rien à voir avec ces vivantes parcelles d'éternité que créait Ségolène, mais le titre de la rubrique était révélateur : LE HAÏKU DU SAMEDI.

Se précipitant chez lui, Bilodo avait ouvert son dictionnaire fébrilement :

HAÏKU ['aiku] ou HAIKAI ['aikai] n. m. (1922 ; mot jap.). – Poème classique japonais de trois vers dont le premier et le troisième sont pentasyllabiques, le deuxième heptasyllabique.

C'était donc ça. Par la suite, à la bibliothèque, Bilodo avait pu consulter maints ouvrages contenant des haïkus, livres traduits du japonais et regroupant des auteurs aux noms aussi familiers que Matsuo Bashô, Taneda Santôka, Nagata Kôi et Kobayashi Issa, mais aucun de leurs poèmes ne produisait l'effet de ceux de Ségolène : nul ne le transportait aussi loin ni ne lui faisait voir et sentir les choses avec autant d'acuité.

Sans doute la calligraphie de Ségolène contribuait-elle beaucoup à cette magie particulière, car elle s'exprimait dans une anglaise plus fine, plus gracieuse que tout ce que Bilodo avait jamais eu le bonheur d'admirer. C'était une écriture riche et imaginative, aux jambages profonds et aux célestes ascendantes ornées de boucles opulentes et de gouttes précises, une écriture aisée et franche, admirablement proportionnée avec sa parfaite inclinaison de trente degrés et son entrelettrage sans faille. L'écriture de Ségolène, c'était un parfum pour l'œil, un élixir, une ode, c'était une symphonie graphique, une apothéose, c'était beau à pleurer. Ayant lu quelque part que l'écriture était le reflet de l'âme, Bilodo concluait volontiers que celle de Ségolène devait être d'une pureté sans pareille. Si les anges écrivaient, c'était assurément ainsi.

4

Bilodo savait que Ségolène était institutrice à Pointe-à-Pitre, et il savait aussi qu'elle était belle grâce à une photo qu'elle avait expédiée à Grandpré, vraisemblablement en échange d'une des siennes car elle avait écrit au verso : « Charmée d'avoir fait votre connaissance photographique. Me voici à mon tour avec mes élèves. » Sur la photo, on la voyait entourée d'une bande d'écoliers souriants, mais seul son sourire à elle comptait, et seul son regard d'émeraude au fond duquel se fracassait celui de Bilodo, comme une vague contre la falaise, s'y répercutant comme un écho. Cette photo, il l'avait numérisée, reproduite et encadrée pour la poser sur sa table de chevet au-dessus du tiroir où il gardait ses haïkus. Ainsi, il pouvait contempler Ségolène chaque soir avant de s'endormir, puis rêver d'elle, de son sourire, de ses yeux, de tous les autres prodiges de sa personne, ou de promenades romantiques au bord de la mer en sa compagnie avec Marie-Galante qui se profilait dans le crépuscule et le ciel qui charriait des torrents de nuages orangés et le vent qui balayait leurs cheveux, à moins que l'univers des haïkus ne se mêlât à son délire onirique et qu'il rêvât plutôt qu'il sautait en bungee avec elle, qu'ils chutaient ensemble au bout d'un élastique interminable, puis plongeaient dans un océan parfumé et se coulaient entre les coraux parmi des poissons-lunes, des bébés amphibies et des squales perplexes.

*

Bilodo était amoureux comme jamais il n'aurait pu concevoir qu'on puisse l'être. L'empire que Ségolène avait pris sur son âme était si vaste que parfois il s'en inquiétait, craignant de ne plus s'appartenir, mais l'alchimique lecture de quelques haïkus transmuait vite son angoisse en béatitude, et alors il remerciait la vie de le favoriser ainsi, d'avoir mis la belle Guadeloupéenne sur sa route. La seule ombre à son bonheur était cette jalousie qui pointait quand il se rappelait que les lettres de Ségolène s'adressaient en réalité à un autre. Après la lecture d'un nouveau poème, ce n'était jamais sans ressentir la morsure de l'envie qu'il refermait l'enveloppe et la glissait le lendemain dans la boîte aux lettres de ce type, Gaston Grandpré, son rival. Comment avait-il connu Ségolène ? Qu'était-il pour elle ? Le mot au dos de la photo et la teneur générale des poèmes ne suggéraient rien de plus que de l'amitié, ce qui réconfortait un peu Bilodo, mais les lettres étaient tout de même destinées à Grandpré, l'heureux homme. Bilodo pouvait parfois l'entrevoir sur le pas de sa porte, barbu et échevelé, négligé, toujours vêtu d'une extravagante robe de chambre rouge, ayant perpétuellement l'air d'avoir fait la bringue toute la nuit. Un hurluberlu aux allures de savant fou. Un drôle d'oiseau dépenaillé. Comment réagissait-il lorsqu'il trouvait sur son paillasson une nouvelle lettre d'elle ? S'empressait-il de s'abreuver à l'oasis de ses mots ? Connaissait-il la même ivresse ? Les poèmes de Ségolène lui faisaient-ils voir des choses aussi ? les mêmes que Bilodo ? Et que lui répondait-il dans ses propres lettres ?

L'après-midi, lorsque le facteur repassait devant le Madelinot en rentrant chez lui, il voyait parfois Grandpré à l'intérieur, sirotant un café et griffonnant sur un bloc avec un air inspiré. Composait-il des poèmes ? Bilodo aurait donné cher pour en faire autant. Il aurait aimé pouvoir répondre aux lettres de Ségolène comme il le faisait à celles de ses autres correspondants involontaires, mais il s'en sentait incapable. Comment en effet répliquer à ses adorables haïkus sinon par d'autres aussi ciselés ? Et comment Bilodo aurait-il pu y parvenir, lui que le seul mot de « poésie » intimidait ? Un simple facteur pouvait-il s'improviser poète ? Attendait-on d'une autruche qu'elle se mette à jouer du banjo ? Un escargot faisait-il de la bicyclette ? Il avait bien essayé deux ou trois fois au début, produisant quelques pitoyables semblants de vers, mais la honte s'était emparée de lui, et il n'avait jamais osé récidiver, craignant de porter atteinte à l'essence même de la Poésie, et de souiller par ricochet l'œuvre sacrée de Ségolène. Grandpré avait-il ce don rare ? Écrivait-il des haïkus ?

Mesurait-il au moins la chance qu'il avait ?

Éprouvait-il seulement le quart de ce que Bilodo ressentait pour Ségolène ? seulement le dixième ?

*

Au culte que Bilodo vouait à Ségolène se trouvait associée une puissante fascination pour le pays béni qui l'avait vue naître, l'écrin naturel au cœur duquel elle resplendissait. Il faisait de fréquentes razzias dans les rayons « Voyage » des librairies et passait des heures sur Internet à ingurgiter tout ce qui se rapportait à la Guadeloupe : la géologie de l'archipel, les recettes de cuisine locales, la tradition musicale et la fabrication du rhum, l'Histoire, les techniques de pêche, la botanique, l'architecture, rien n'échappait à sa voracité. Bilodo devenait peu à peu un spécialiste de l'« île papillon », lui qui n'y avait jamais mis les pieds. Il aurait certes pu aller là-bas, y voyager et voir la Guadeloupe de ses yeux, mais il ne l'avait jamais envisagé sérieusement, car cette seule idée rendait nerveux l'incurable sédentaire qu'il était. Bilodo ne désirait pas visiter physiquement la Guadeloupe : il voulait seulement pouvoir se l'imaginer de manière détaillée afin de nourrir ses rêves et de situer Ségolène dans un paysage aussi réaliste que valorisant. Ainsi pouvait-il la fantasmer en haute définition, avec toute la technologie mentale nécessaire.

Il rêvait d'elle roulant à bicyclette sur l'allée Dumanoir que bordaient orgueilleusement les palmiers royaux. Il rêvait d'elle se promenant sur la Darse l'après-midi au sortir du lycée, allant faire ses courses au marché Saint-Antoine, déambulant sous la grande halle parmi les étals multicolores où s'entassaient figues-pommes et ignames, patates douces et piments forts, ananas, madère, malangas et caramboles – sans oublier les épices, cannelle, colombo, safran, vanille, bois d'Inde et curry dont les odeurs mêlées aiguillonnaient les sens – sans oublier les punchs et les sirops, les friandises et la vannerie, les fleurs, les perruches et les balais – sans oublier les potions, eaux de délivrance et de fidélité, de finance ou d'amour sans fin, et autres philtres magiques destinés à guérir tous les maux du monde. Chaque nuit il rêvait d'elle, et le décor de ces films où Ségolène tenait le premier rôle, c'était la Guadeloupe tout entière avec ses routes sinueuses et ses champs de canne à sucre, ses jungles aux sentes escarpées plantées de fougères géantes et constellées d'orchidées, ses monts aux tempes vertes et aux fronts embrumés, aux joues moussues parcourues de chutes et de cascades. C'était la Soufrière qui culminait, endormie mais toujours menaçante, et les villages lumineux aux toits de tôle rouge, aux cimetières plantés de tombes à damiers décorées de coquillages, c'était le carnaval, la musique, les joueurs de gwoka, les diablesses tout de rouge vêtues et autres danseurs aux costumes bigarrés se trémoussant au rythme des tambours bolas tandis que coulait le rhum. C'étaient les goyaves, les palétuviers et les mangroves, les îlots et les îles, les raies mantas planant à fleur d'eau, les rougets, les mérous et les poissons volants, les pêcheurs saintois coiffés de salakos et réparant leurs filets, les côtes de calcaire déchiquetées au nord de Basse-Terre que punissait l'océan, puis tout à coup les anses au calme surprenant, les plages blondes, et Ségolène qui se baignait dans les rouleaux d'une mer turquoise comme ses yeux, et le soleil qui s'empressait de la reconquérir dès qu'elle en sortait, nouvelle Vénus, dès qu'elle regagnait la plage et la foulait d'un pas souple, nue mais pudique, alors que l'eau perlait à ses seins et ruisselait sur l'or duveteux de son ventre.

Bilodo rêvait et ne désirait rien d'autre ; il ne voulait que savourer encore les songes éblouissants et les visions extatiques que lui procuraient les mots de Ségolène. Tout ce qu'il souhaitait, c'était que perdure l'agréable *statu quo*, que rien ne vienne troubler sa bienheureuse quiétude. Et il en fut ainsi jusqu'au fatidique accident.

5

C'était un matin orageux de la fin août. Le ciel pesait et tonnait au loin sans se décider à déverser ce qu'il avait sur le cœur, mais la menace ne perturbait aucunement Bilodo, qui avait foi en l'étanchéité de son robuste imperméable de service. D'un pas dont nulle grisaille n'aurait su entamer la résolution, il arpentait la rue des Hêtres, affrontant un escalier après l'autre, lorsqu'il tomba sur Robert, occupé à transférer dans sa camionnette le contenu d'une boîte postale. Une telle rencontre était rare, car l'heure de la levée de ladite boîte précédait celle où Bilodo passait habituellement par là, et Robert expliqua qu'il s'était réveillé en retard, à cause d'une nuit tumultueuse avec une certaine Brenda, fille de rêve rencontrée dans un bar. Après ces chaleureuses salutations et autres marques de camaraderie, Bilodo voulut poursuivre sa route, mais Robert le retint, ayant encore beaucoup à raconter à propos de sa flamme toute neuve, et proposant à Bilodo une rencontre à quatre, le soir même, avec Brenda et l'une de ses copines au grand potentiel érotique. Bilodo soupira, car l'insistance que son ami mettait à lui trouver une petite amie l'ennuyait. Mais Robert réprouvait cet interminable célibat qu'il jugeait antihygiénique, et il avait ironiquement surnommé Bilodo « Libido ». S'arrogeant le rôle d'entremetteur, Robert s'efforçait d'accoupler ce dernier à tout ce qui bougeait, l'inscrivant à son insu dans des agences de rencontres sur le Net et, publiant en son nom des annonces crues dans les pages roses des journaux, sans omettre son numéro de téléphone. Tout cela contrariait Bilodo, qui n'osait plus répondre quand ça sonnait, et dont la boîte vocale était constamment congestionnée par des appels sulfureux, mais il n'arrivait pas à en vouloir à Robert, car il savait que de telles initiatives partaient d'un bon sentiment. N'était-ce pas dans le but de l'aider que le préposé se donnait tant de mal ? Comme toujours, Robert en faisait trop, c'était typique de son caractère, mais ne restait-il pas malgré tout le meilleur ami qu'il eût au monde ? Bilodo s'efforçait de l'aimer tel qu'il était, avec sa vulgarité, son égoïsme, son hypocrisie, son opportunisme, sa mythomanie et sa mauvaise haleine. Mais tout disposé qu'il fût à pardonner à Robert les petits défauts de son caractère, il n'en détestait pas moins ce genre de partouze à laquelle on prétendait le convier. Robert n'étant pas du genre à accepter facilement un refus, il fallait inventer très vite un prétexte valable, une excuse qui ne parût pas trop mauvaise, et c'était ce à quoi Bilodo s'employait lorsque l'orage éclata.

*

Le tonnerre craqua sur leurs têtes comme si l'on avait ouvert un gigantesque sachet de chips, et le ciel se fendit. Une pluie torrentielle se mit à tomber, limitant la visibilité à quelques mètres. Robert se dépêcha de balancer son sac dans la camionnette et invita Bilodo à s'y abriter. Estimant en effet qu'il valait mieux laisser passer l'orage, le facteur accepta. C'est au moment où il contournait le véhicule qu'un cri, provenant de l'autre côté de la rue, attira son attention. Se retournant, Bilodo aperçut Grandpré, le correspondant de Ségolène, l'homme à la sempiternelle robe de chambre, dressé sur son balcon du deuxième étage juste en face. Ouvrant un parapluie, Grandpré dévala les marches en brandissant une lettre qu'il voulait sans doute poster avant que Robert s'en aille. Bilodo le vit s'engager imprudemment sur la chaussée qui déjà n'était qu'une rivière en crue. Négligeant de s'assurer que la voie était libre, Grandpré courut vers eux, les hélant, les priant d'attendre, et ne vit pas venir le camion qui fonçait à travers l'averse. Bilodo lança en direction de Grandpré un geste puis un avertissement inarticulé, tandis que le klaxon du camion mugissait, mais c'était trop tard ; les freins grincèrent, les roues glissèrent sur la chaussée mouillée, et il y eut un choc mat. Le véhicule parut s'arrêter instantanément, comme si toute son énergie cinétique se trouvait transmise à Grandpré qui fut catapulté dans les airs telle une grosse poupée de chiffon, et qui alla s'écraser près du trottoir, dix mètres plus loin, dans un bruit flasque.

Les voitures s'immobilisèrent. L'univers sembla se figer. Pendant un moment, on n'entendit que le ronronnement des moteurs au ralenti, la friture de la pluie harassant le bitume et tambourinant sur les carrosseries. Grandpré n'était plus qu'un tas informe qu'on aurait pu prendre pour une brassée de linge échappée de sa corbeille s'il n'y avait eu les frémissements et les spasmes horribles qui l'agitaient. Réagissant le premier, Robert s'avança, Bilodo le suivit, et ils s'agenouillèrent auprès de Grandpré qui gisait, brisé, ses membres faisant des angles absurdes, sa barbe broussailleuse maculée d'un sang épais que la pluie pourtant drue n'arrivait pas à diluer. Le pauvre type était conscient. Il dévisagea Robert, puis Bilodo, avec l'air abasourdi de celui qui n'arrive pas à y croire, les paupières battant comme les ailes de papillons jumeaux, le regard noyé par l'averse. Sa main droite tenait encore la lettre qu'il avait tant voulu poster, et Bilodo vit qu'elle était adressée à Ségolène.

Dans le caniveau roulait un flot rougissant. Grandpré n'allait pas s'en tirer. Il cherchait désespérément son souffle, et Bilodo crut que ça y était, qu'il expirait, mais l'homme se mit alors à hoqueter bizarrement. Éberlué, Bilodo dut admettre que le mourant riait. C'était bien un rire, rauque et vide, décoloré, spectral. Bilodo frissonna, et il n'était pas le seul : les autres témoins de la scène semblaient tout aussi déconcertés par ce rire sinistre jaillissant d'une gorge agonisante. Grandpré rit encore un peu comme à une blague douloureuse, puis il cessa, étranglé par une quinte de toux, projetant des postillons écarlates. Parvenant à tourner la tête, il considéra la lettre ensanglantée dans sa main, et ses doigts se crispèrent sur l'enveloppe. Grandpré ferma les yeux, serra les dents, semblant concentrer tout ce qu'il lui restait de force et de volonté dans ce geste ultime qui retenait la lettre, et tout à coup il prononça quelques mots si faibles que seuls Bilodo et Robert, penchés sur lui, purent les entendre : un murmure indistinct qui sonnait comme « en dessous... ». Puis ce fut la fin. Ses paupières bâillèrent et ses pupilles se dilatèrent, se vitrifièrent. Les yeux de Grandpré s'emplirent de pluie, formant des lacs minuscules, tandis que ses dernières paroles continuaient de planer entre les oreilles de Bilodo, énigmatiques. Que signifiait « en dessous » ? Qu'avait voulu dire le mort ? Bilodo fut tenté de soulever le cadavre afin de vérifier s'il y avait quelque chose « dessous », puis se demanda s'il interprétait correctement les mots du défunt : en tenant compte des râlements douloureux qui les avaient accompagnés, n'était-ce pas plutôt « grand saut » qu'il fallait comprendre, allusion à ce saut ultime dans l'inconnu, à cette imminente plongée dans l'au-delà que le moribond s'apprêtait à faire ?

Bilodo s'aperçut alors que la lettre n'était plus dans la main du mort. L'étreinte de Grandpré avait dû se relâcher au moment du trépas, et la lettre avait glissé dans le caniveau, aussitôt entraînée par le courant rapide. Bilodo la vit filer en aval entre les pieds des badauds, aspirée hors du cercle funèbre par l'eau tourbillonnante qui se précipitait vers une grille d'égout. Galvanisé, il se précipita, bousculant les spectateurs du drame, sachant qu'il devait rattraper cette lettre à tout prix. Il courut, se pencha, tendit la main pour l'intercepter, sentit son bras s'allonger, ses doigts s'étirer démesurément, et l'atteindre... mais une seconde trop tard : l'égout avala la lettre. Emporté par son élan, Bilodo trébucha et se retrouva les quatre fers en l'air dans l'eau froide. Un éclair zébra le ciel à l'instant où une prise de conscience tout aussi fulgurante illuminait Bilodo : avec la disparition de cette lettre, engloutie par les entrailles du monde, c'était son seul lien avec Ségolène qui venait de se rompre.

6

Bilodo était d'humeur funèbre lorsqu'il prit la route le lendemain, et il lui sembla que le soleil aussi était en deuil, qu'il ne dispensait qu'une froide lumière de vieux film en noir et blanc. Rue des Hêtres, il s'arrêta sur le trottoir, là où Grandpré était tombé, et constata, troublé, qu'il ne subsistait aucune trace du drame, pas même une petite flaque de sang. La pluie avait tout lavé. Bilodo était hanté par l'image de cette lettre ingurgitée par l'égout. Il s'en voulait de n'avoir pas été plus vif. Si seulement il avait pu l'attraper, la lire et découvrir ce que Grandpré écrivait à Ségolène. L'aurait-il postée ensuite ? Sans doute. Ne fût-ce que pour retarder l'inéluctable, mais il était vain d'y penser. Ségolène ne recevrait pas cette lettre ; elle n'y répondrait pas, et plus jamais Bilodo ne lirait ses poèmes.

La mort de Grandpré sonnait le glas de cette précieuse correspondance qui était le sel de son existence. Y avait-il rien de plus affreux que l'impuissance ?

Peu après, parcourant la rue en sens inverse, Bilodo arriva devant la porte du défunt, et glissa dans la fente les factures et publicités habituelles tout en sachant pertinemment que c'était inutile, que le courrier ne ferait que s'accumuler de l'autre côté jusqu'à ce qu'une éventuelle « demande d'interruption du service » parvienne aux Postes. Méditatif, il visita en esprit cet appartement inconnu où régnait désormais le silence et stagnait le temps, où ne témoignaient du passage de Grandpré en ce monde que quelques meubles et objets, quelques vêtements suspendus aux cintres immobiles, quelques photos, quelques écrits.

*

La mort de Grandpré ne suscita que peu d'émoi dans le quartier car on ne le connaissait guère. Au Madelinot, Tania déposa un œillet sur la table qu'il occupait ordinairement. Ce fut tout. C'était donc ainsi qu'on passait dans la vie, constata Bilodo : fortuitement, sans créer de remous, sans que perdure le sillage, comme une hirondelle traverse le ciel, et aussi vite était-on oublié que l'écureuil écrasé par mégarde sur la route.

C'était ainsi.

*

Rien ne paraissait avoir changé. Bilodo se levait à l'aube, allait travailler, déjeunait au Madelinot, puis rentrait chez lui. Sa vie poursuivait un cours imperturbable, mais ce n'était qu'apparence car, sous la surface de cette mer d'huile qu'était la routine quotidienne, s'opérait un changement subtil dont il avait à peine conscience. Ce ne fut d'abord qu'une lassitude, une humeur morose qu'il attribua au changement de saison, au raccourcissement des jours présageant l'automne, puis les symptômes d'un malaise plus profond commencèrent à se manifester : un soir, alors qu'il butinait ses bonnes vieilles correspondances clandestines, Bilodo se rendit compte que cette activité autrefois passionnante lui semblait tout à coup dépourvue d'intérêt. Son feuilleton préféré tombait à plat, aucune de ces intrigues ne le stimulait plus. Les drames des autres n'arrivaient plus à le fasciner. Le lendemain, au Centre de tri, il se trouva incapable de classer le courrier avec son adresse habituelle : ratant la cible une fois sur deux, il dut se résoudre à procéder de manière conventionnelle. Il prit la route avec vingt minutes de retard, espérant que l'air du matin le ravigoterait, mais sentit qu'il faiblissait après seulement trois malheureux kilomètres de marche. Ce fut encore pire lorsqu'il lui fallut se mesurer aux escaliers de la rue des Hêtres : il n'en était qu'au vingt-quatrième lorsqu'il dut s'arrêter pour souffler, et ne parvint au bout de la rue qu'au prix d'un violent effort de volonté, après s'être accordé pas moins de six pauses. Que lui arrivait-il ? Couvait-il une grippe ?

Au Madelinot, il s'aperçut qu'il n'avait aucun appétit, lui qui dévorait d'habitude, et commanda une soupe aux légumes qu'il ne finit même pas. Renonçant à sortir son matériel de calligraphie – ça ne lui disait rien –, il reprit immédiatement sa tournée, espérant regagner le temps perdu. Il se sentait dans un rare état de confusion mentale. Inattentif, préoccupé par il ne savait trop quoi, il franchit une intersection au feu rouge et fut près de se faire renverser par une voiture. Mais ce n'était échapper à Charybde que pour tomber sur Scylla et, peu après, alors qu'il déposait des publicités dans la boîte aux lettres d'une maison, Bilodo se laissa surprendre par un chien enchaîné. Borgne, et d'ailleurs nommé Polyphème d'après l'écriteau sur sa niche, l'animal le mordit cruellement au mollet droit et consentit à lâcher prise seulement après que son maître, alerté par les hurlements, l'y eut forcé à coups de pelle. Voilà ce qui arrivait quand on avait les dieux contre soi.

*

Une fois l'affaire du chien réglée, le vaccin antirabique administré et la plaie de Bilodo pansée, après six heures passées aux urgences ; quand enfin cette déplorable odyssée fut terminée, il était tard. Rentrant en taxi, Bilodo se sentait d'humeur à donner des coups de pelle, lui aussi, violente disposition que ne faisait qu'accentuer les élancements douloureux dans sa jambe. Il avait envie de se révolter, mais que pouvait-il contre la malédiction qui s'acharnait sur lui en cette affreuse journée où tout allait de travers ? Arrivé chez lui, il verrouilla la porte de son cocon, boitilla un moment de long en large dans le salon, chercha un exutoire à sa colère, puis il ouvrit l'ordinateur et entreprit de passer sa rage sur les insurgés de la planète Xion.

Malmenant sa console, il massacra des légions de créatures tentaculaires, atteignit le niveau supérieur du jeu et enregistra un score record sans réussir à apaiser la fureur qui lui broyait les tripes. Finalement, exténué, il alla se coucher et trouva un peu de paix dans la contemplation de la photo de Ségolène. Il pouvait imaginer la belle Guadeloupéenne ouvrant chaque matin sa boîte aux lettres dans l'espoir d'y découvrir la réponse de Grandpré qui n'arrivait pas. Il songea brièvement à lui écrire pour lui annoncer le décès de son correspondant, mais c'était impossible, car c'eût été se trahir et avouer sa coupable indiscrétion. Combien de temps Ségolène patienterait-elle avant de se résigner ?

*

La scène se passait sous l'orage, rue des Hêtres, juste après un accident mais, à la place de Grandpré, c'était elle qui gisait sur l'asphalte mouillé, Ségolène, ensanglantée, agonisante. La jeune femme tendait vers Bilodo une main tremblante, le suppliait de ne pas l'oublier... et il s'éveilla en sursaut, pantelant et transi, ne se reconnectant que difficilement au réel, car le cauchemar persistait, lui imposant ses images morbides. Décidé à chasser l'angoisse, Bilodo étala autour de lui les haïkus de Ségolène afin de former un cercle défensif contre le grouillement des ténèbres. Il commença à les lire à voix haute comme autant d'incantations protectrices, mais cela ne fit qu'accentuer son désarroi, car les mots refusaient de produire la musique attendue : aussitôt prononcés, ils étaient épongés par la nuit, et aucune des visions réconfortantes qu'ils auraient dû susciter n'apparaissait. Les haïkus se révélaient tout à coup stériles ; alignés sur leurs feuillets telles des fleurs flétries dans un herbier, ils étaient sans vie.

Bilodo secoua les feuillets, espérant en réactiver la magie, mais ne parvint qu'à les chiffonner. Même les mots de Ségolène le laissaient tomber. Et à cet instant, pour la première fois de sa vie, la première fois vraiment, il sentit fondre sur lui la solitude. C'était comme une vague le submergeant, le coulant en lui-même et l'enfonçant au plus creux de l'abysse, là où béait un gouffre monstrueux, une grille d'égout vers laquelle l'entraînait un irrésistible maelström tandis qu'il cherchait à quoi s'agripper, écorché jusqu'à l'âme. Étrangement lucide, Bilodo sut qu'il ne pourrait continuer d'exister sans Ségolène, qu'il ne survivrait pas, que rien n'aurait plus d'intérêt ni de sens, qu'il n'y aurait plus jamais de beauté ni de désir, que la sérénité deviendrait un concept abstrait dérivant au large des sentiments improbables, et que lui-même ne serait plus qu'un vaisseau fantôme sans propulsion ni personne à la barre, entraîné par les courants amers jusqu'au jour où, enfin, les sargasses le ralentiraient, l'arrêteraient dans leurs filets visqueux et grimperaient à l'assaut de son bordage, finissant par si bien l'alourdir qu'il sombrerait en elles.

Épouvantable perspective. L'histoire allait-elle se terminer si bêtement ? Bilodo ne devait-il pas tenter quelque chose ? Était-il possible d'échapper au naufrage ? Y avait-il une bouée à laquelle s'accrocher, une façon de vaincre l'impuissance, un quelconque moyen de conjurer le sort et d'empêcher que Ségolène fût éjectée de sa vie ?

Ce fut alors, au moment de sa plus grande détresse, que l'idée vint à Bilodo.

*

C'était une idée brillante, originale, si géniale, si audacieuse... que Bilodo prit peur et s'empressa de revisser le couvercle de son imagination. Car elle était trop folle, cette idée, trop dangereusement absurde, beaucoup trop risquée, et sans doute impraticable de toute façon. Une idée extravagante et malsaine que seul un cinglé aurait pu considérer sérieusement, qu'il convenait de rejeter et d'oublier au plus vite de crainte qu'elle prolifère. Voulant changer le cours de sa pensée, Bilodo attrapa sa console de jeu et lança une violente attaque contre les insurgés de Xion, mais l'idée refusait de s'évanouir, elle continuait de gratter des ongles sous la dalle, exigeait qu'on la laisse jaillir, et enfin, de guerre lasse, Bilodo se résigna à l'examiner de nouveau.

Après tout, elle n'était peut-être pas totalement insensée, cette idée. Effrayante, certes, et mentalement périlleuse, mais peut-être pas irréalisable. S'il restait une chance de renouer le fil et de retrouver le chemin menant à Ségolène, c'était sans doute celle-là. Et alors que pointait une aube blafarde, Bilodo releva la tête, comprenant qu'il n'avait pas le choix, qu'il devait au moins essayer.

7

Le craquement de la vitre fut étouffé par l'épaisse serviette de ratine. Tous sens tendus, Bilodo épia les réactions aux portes et balcons voisins, sonda les ténèbres de la ruelle en contrebas, mais rien ne bougea. Il poussa le carreau cassé, dont les débris tombèrent à l'intérieur. Insérant sa main dans le trou, Bilodo trouva le verrou et se dépêcha d'entrer puis de refermer derrière lui la porte de l'appartement de Grandpré, côté ruelle. Il était dans la place. Il avait osé.

Une odeur douceâtre piqua ses narines. Il se tenait dans la cuisine. Allumant sa lampe de poche, il s'avança, se faisant aussi léger que possible, s'efforçant de léviter au-dessus des lames craquantes du parquet. La pièce ne contenait ni table ni chaises. L'odeur provenait du plan de travail, sur lequel un truc oublié se décomposait dans son emballage, du poisson peut-être. Bilodo s'aventura dans le couloir, dont le plancher était couvert d'un matériau moelleux, non pas une moquette mais un genre de matelas mince qui semblait tapisser également les autres pièces. Le couloir était percé de trois portes. La première révéla une chambre, la seconde, une petite salle de bain. En face s'ouvrait le salon, que divisait en deux une sorte de grand paravent. Contournant une sculpture basse et biscornue, Bilodo passa de l'autre côté de la cloison et aboutit devant un bureau et son fauteuil à roulettes. S'étant assuré que les stores étaient clos, il prit place dans le fauteuil.

Le rayon de la lampe de poche révéla un ordinateur, un calendrier, quelques bibelots, un dictionnaire, des stylos, ainsi que divers papiers. Examinant ceux-ci, Bilodo trouva immédiatement ce qu'il était venu chercher : des feuillets manuscrits rédigés d'une main qui ne pouvait être que celle de Grandpré. Dans le premier tiroir, il fit une trouvaille encore plus excitante : des poèmes de la main du défunt, des haïkus. Il y en avait tout un paquet. Et juste à côté, Bilodo découvrit ceux de Ségolène, ses haïkus originaux dont il ne possédait que les copies. Et aussi sa photo ! Étreint par l'émotion, il admira ce sourire qui lui caressait l'âme, ce doux regard d'amande qui le faisait rêver, puis huma les feuillets bénis que les doigts de Ségolène avaient tenus, que son parfum imprégnait encore, et les embrassa. Un tel moment de félicité justifiait à lui seul les risques encourus, mais l'affaire ne s'arrêtait pas là : poursuivant sa fouille, Bilodo explora les autres tiroirs. Plus que tout, il espérait mettre la main sur le brouillon de la dernière lettre de Grandpré, celle qu'avait ignoblement gobée l'égout, car c'était le but ultime de l'expédition, mais il n'eut pas le temps de pousser plus loin car des voix retentirent dans l'escalier. Bilodo se dressa d'un bond, éteignit sa lampe. De simples voisins montant vers un étage supérieur ? Ou la police venue épingler le misérable cambrioleur qu'il était ? Pas question d'attendre pour le savoir : Bilodo fourra dans sa veste tous les papiers qu'il pouvait et prit la fuite, percutant au passage cette sculpture idiote qui traînait dans le salon. Il se sauva par-derrière, dévala les marches, puis se catapulta à la vitesse du son vers l'issue de la ruelle. Ce ne fut que deux pâtés de maisons plus loin, une fois certain que nul ne le pourchassait, qu'il se permit de ralentir. Il s'obligea à marcher d'un pas aussi naturel que possible afin de ne pas attirer l'attention, mais son cœur continuait de battre comme un tam-tam.

*

S'étant longuement douché pour éliminer les sueurs du crime, Bilodo s'installa à sa table et relut les haïkus de Ségolène. Il constata avec ravissement que les petits poèmes avaient recouvré toute leur vitalité. Puis, avec la discrète complicité de Bill, il fit l'inventaire des autres papiers volés, s'intéressant particulièrement aux haïkus de Grandpré, y voyant la confirmation de ses soupçons : ces deux-là s'adonnaient – s'étaient adonnés – à une sorte d'échange poétique. Les haïkus de Grandpré semblaient toutefois assez différents de ceux de Ségolène, non par la forme mais par l'esprit :

Tourbillonnant comme l'eau
contre le rocher
le temps fait des boucles

Smog sur la cité
elle fume trop
emphysème garanti

Ils meuvent les vagues
courbent la forêt
Ils font murmurer la terre

Pas fou le lapin
il surgit du trou
où on ne l'attendait pas

Percer l'horizon
voir derrière le décor
embrasser la Mort

C'était une poésie plus sombre que celle de Ségolène, plus dramatique, mais tout aussi évocatrice : bien que ce fût à travers une lentille obscurcie, les haïkus de Grandpré faisaient voir des choses, eux aussi. Il y en avait près d'une centaine. Hélas, pas numérotés. Rien n'indiquait dans quel ordre ils avaient été écrits ou expédiés à Ségolène. Aucun indice ne permettait d'établir lequel était le dernier, celui qui n'avait jamais atteint sa destinataire.

Bilodo installa l'original de la photo de Ségolène sur sa table de chevet, puis, couché dans le noir, il se demanda comment agir maintenant que la première étape de son plan était accomplie. Passer à la phase deux ? Oserait-il aller jusqu'au bout de son idée démentielle ?

Il s'endormit et fit un rêve étrange. Il rêva de Gaston Grandpré qui agonisait au milieu de la rue des Hêtres, reprenant ainsi son vrai rôle, sauf que le mourant semblait ne pas souffrir le moins du monde ; il paraissait bien s'amuser au contraire, et adressa même à Bilodo un clin d'œil complice.

*

À l'aube, à peine éveillé, Bilodo prit la décision d'aller jusqu'au bout. Pour la première fois en cinq ans, il téléphona aux Postes afin de se déclarer malade, puis, sans même prendre le temps de boire un café, il se pencha sur les papiers de Grandpré et étudia son écriture en mobilisant toute son expérience de calligraphe.

L'examen approfondi des écrits fit bientôt ressortir un détail insolite : un peu partout sur les feuillets, on découvrait un symbole particulier ; un cercle plus ou moins orné de fioritures – peut-être était-ce un « O » stylisé ? – que l'auteur semblait avoir eu la manie de griffonner ici et là. Ce « O » avait-il une signification précise ? Bilodo ne pouvait que le conjecturer. L'écriture elle-même était intéressante, ample et énergique. Le trait était fort, anguleux, mêlant audacieusement les lettres moulées et cursives, sillonnant profondément le papier. Un peu le genre d'écriture virile que Bilodo aurait aimé avoir. Il se sentait capable de l'imiter en tout cas : choisissant un stylo-bille du même type que celui utilisé par Grandpré, il fit ses premiers essais, copiant d'une main hésitante certains extraits des poèmes.

Le premier bloc de papier s'épuisa avant midi. Le déjeuner de Bilodo se limita à une boîte de sardines qu'il consomma debout, en piétinant distraitement les feuillets chiffonnés. Il se remit à l'ouvrage, travailla jusqu'au crépuscule et dut alors s'arrêter à cause d'une crampe. Massant son poignet douloureux, il connut un moment de découragement et envisagea de laisser tomber, puis se ressaisit à la pensée de Ségolène qui attendait là-bas, dans son île, et il reprit sa plume, la maniant avec une résolution nouvelle. Il faisait nuit depuis longtemps lorsque Bilodo s'estima enfin satisfait ; il parvenait à imiter assez convenablement l'écriture du mort. La deuxième partie de son plan se trouvait ainsi achevée, mais il se garda de triompher et se prépara plutôt à affronter le défi suivant, qui était de taille. Car la calligraphie n'était pas tout ; encore fallait-il savoir quoi écrire.

Il avait évité d'y penser jusqu'alors, préférant se concentrer sur l'aspect technique de la tâche, mais il ne pouvait temporiser davantage. C'était bien beau d'imiter l'écriture de Grandpré, mais il s'agissait surtout d'écrire ce que Grandpré aurait écrit. Bilodo devait maintenant s'aventurer dans cette contrée étrange qu'était celle de la poésie et se débrouiller pour composer un haïku susceptible de paraître authentique aux yeux de Ségolène.

*

Son talent pour se glisser dans les mots d'autrui ne lui était d'aucun secours en l'occurrence : quand l'aube pointa, il était péniblement parvenu à écrire « l'eau », seul mot que lui inspirait le dernier haïku du bébé aquatique de Ségolène et auquel il ne trouvait rien d'intelligent à ajouter. On pouvait bien sûr y accoler une grande variété de qualificatifs : l'eau claire, l'eau vive, l'eau dormante, mais était-ce vraiment poétique ? Il passa la matinée dans un état second, s'efforçant d'ajouter à son « eau » un mot qui la transcende. Eau-de-vie ? Eau courante ? Eau gazeuse ?

Tête d'eau ?

S'autorisant à faire une brève sieste, Bilodo rêva qu'il se noyait. Il s'éveilla juste à temps pour faire le plein d'oxygène et alla se réinstaller devant la page blanche. Eau de vaisselle ? Eau bénite ? Eau de toilette ? Eaux et forêts ?

Se jeter à l'eau ? Marcher sur l'eau ?

Puis, s'étant laissé captiver par les évolutions de Bill qui nageotait dans son bocal, il se secoua et écrivit : « Un poisson dans l'eau ». C'était déjà un vers de cinq syllabes. Presque le tiers du tercet.

Bilodo considéra les mots d'un œil critique, puis les ratura.

Cinq mots, et pas un seul dont il soit satisfait. À ce rythme, il y serait encore le 1er avril.

Il fallait absolument activer les choses. Comment faisait-on pour devenir poète ? Cela pouvait-il s'apprendre ? Existait-il un cours de Haïku 101 ? Aucune école de poésie n'était répertoriée dans les pages jaunes ; où s'adresser en cas d'urgence ? à l'ambassade du Japon ? Une chose au moins devenait évidente : Bilodo devait se renseigner davantage au sujet de ces fichus haïkus.

8

Alors qu'il ratissait la section « Littérature japonaise » de la Bibliothèque centrale, Bilodo dénicha quelques ouvrages fort instructifs et eut tôt fait d'apprendre tout ce qu'il avait toujours voulu savoir sur les haïkus sans jamais oser le demander. Au fond le principe en était plutôt simple : le haïku visait la juxtaposition de l'immuable et de l'éphémère. Un bon haïku contenait idéalement une référence à la nature (*kigo*) ou à une réalité pas seulement humaine. Sobre, précis, à la fois dense et subtil, il évitait l'artifice littéraire et les marques habituelles du poétique telles la rime et la métaphore. L'art du haïku était celui de l'instantané, du détail. Il pouvait s'agir d'un fragment de vie, d'un souvenir, d'un rêve, mais c'était avant tout un poème concret en appelant aux sens et non aux idées.

La lumière commençait à se faire dans l'esprit de Bilodo. Même cet échange épistolaire de haïkus auquel s'étaient livrés Ségolène et Grandpré prenait désormais un sens particulier : il s'agissait d'un *renku* ou « poème enchaîné », une tradition remontant aux joutes littéraires que l'on disputait à la cour impériale du Japon médiéval.

Trouvant tout cela passionnant et ayant le goût d'en parler, Bilodo fit part de ses découvertes à son ami Robert, auquel il lut quelques haïkus de Bashô, de Buson et d'Issa, maîtres classiques du genre, mais le délicat équilibre du *fueki* – l'immuable, l'éternité qui nous déborde – et du *ryûko* – le fugitif, l'éphémère qui nous traverse – parut échapper totalement au préposé, qui n'y vit qu'une forme sophistiquée de masturbation mentale. Non qu'il nourrît quelque préjugé à l'encontre de la littérature japonaise, mais Robert déclara qu'il aimait les mangas, ces bandes dessinées populaires, et appréciait surtout les *hentaï*, leurs variantes érotiques, qu'il recommanda chaudement à Bilodo avec échantillon à l'appui. Cherchant un interlocuteur plus apte à partager son enthousiasme, Bilodo se tourna vers Tania. La jeune serveuse ne manifesta d'abord qu'un intérêt mitigé, car c'était l'heure de pointe au Madelinot, mais le pétillement espéré parut dans ses yeux lorsque Bilodo ouvrit un livre intitulé *Haïkus traditionnels du XVIIe siècle*, ouvrage précieux emprunté à la bibliothèque et dans lequel on pouvait admirer des haïkus calligraphiés en japonais ancien. Tania convint que c'était très beau et très mystérieux, très mystique. Bilodo n'aurait su acquiescer davantage : alliant idéogrammes et syllabaire phonétique, la graphie japonaise favorisait l'extrême densité du haïku, parvenait presque à exprimer l'indicible.

*

Le beau poisson rouge
bouge et fait des bulles
nage dans son entourage

Était-ce poétique ? Bilodo avait d'abord cru mettre dans le mille – y avait-il rien de plus japonais qu'un poisson rouge ? –, mais n'en était plus aussi certain. Il avait pourtant l'impression d'être sur la bonne voie, car avec la « légèreté », la « sincérité » et l'« objectivité », la « tendresse à l'endroit des créatures vivantes » comptait parmi les plus nobles attributs du haïku. Mais le sujet même ne laissait-il pas à désirer ? Sans vouloir manquer de respect à Bill, le poisson était-il l'animal le plus susceptible d'exprimer la poésie ? Cherchant une bestiole plus convenable, Bilodo songea à l'oiseau, qui avait le mérite d'incarner la « légèreté » :

Cui-cui fait l'oiseau
perché sur l'antenne
avec au fond le ciel bleu

Était-ce meilleur que le poisson ? Bilodo sentait s'étioler sa confiance toute neuve. C'était une chose de savoir théoriquement ce qu'était un haïku, c'en était une autre de pouvoir en écrire. D'ailleurs, la qualité littéraire n'était qu'un aspect du problème : nonobstant leur discutable valeur artistique, ni le haïku du poisson ni celui de l'oiseau ne ressemblaient à un poème de Grandpré, et c'était là leur défaut essentiel. Par-dessus tout, il fallait écrire un poème qui soit « grandpréesque ». Bilodo devait réussir à s'insinuer si étroitement dans l'âme du défunt que Ségolène ne pourrait rien soupçonner.

*

Songeant à faire une analyse graphologique des écrits de Grandpré, Bilodo se procura un ouvrage de spécialiste. Il comprit vite que c'était une discipline fondée sur l'expérience, impossible à acquérir sans une pratique intensive. Comment cerner la personnalité de Grandpré dans le peu de temps dont il disposait ? En soirée, alors qu'il potassait le manuel devant la télé, son attention fut captée par les propos d'un comédien, invité à parler de son métier, qui expliquait comment il s'y était pris pour incarner un célèbre chef d'État décédé quelques années plus tôt. L'acteur confiait qu'il avait commencé par s'intéresser aux petits gestes du grand homme, à ses tics, à ses manies, à ses habitudes, et s'était attaché à les reproduire jusqu'à ce que ce procédé d'identification finisse par lui révéler le fil intérieur du personnage, sa vérité profonde. Bilodo, fasciné, referma son traité de graphologie. N'y avait-il pas là une piste prometteuse ?

Le lendemain, au Madelinot, au lieu de s'asseoir au comptoir, Bilodo s'installa sur la banquette que Grandpré avait eu coutume d'occuper et demanda qu'on lui serve ce que le défunt avait l'habitude de commander. Perplexe, Tania posa devant lui un sandwich aux tomates, qu'il mangea tout en appréciant la perspective nouvelle non seulement sur le restaurant mais aussi sur la rue. Après déjeuner, poussant plus loin l'exercice, Bilodo continua sa tournée en s'imaginant qu'il était Grandpré et observa attentivement le monde autour de lui, notant tout incident, tout détail susceptible de fournir la matière d'un haïku. La chenille qui rampait sur le trottoir, la voûte ajourée que formaient les branches des arbres au-dessus de la rue, les écureuils qui se chamaillaient entre les pieds d'un banc du parc, et la culotte rose, pendue à une corde à linge dans laquelle le vent s'engouffrait : n'y avait-il pas là de quoi faire des poèmes ? Arrivé dans la rue des Hêtres, Bilodo la parcourut lentement en s'efforçant de regarder avec les yeux de Grandpré, de ressentir ce que l'autre aurait ressenti, et ce fut ainsi, alors qu'il parvenait devant l'appartement désert en tentant de pénétrer l'univers intérieur du disparu, que le véritable moyen d'y accéder lui fut révélé tout à coup, sous la forme d'un écriteau.

Un écriteau noir et rouge, scotché à la fenêtre, sur lequel on pouvait lire : APPARTEMENT À LOUER.

*

Bilodo trouva la propriétaire de l'immeuble dans son minuscule potager. Une dame soignée et méfiante, que l'uniforme de Bilodo sembla rassurer. Délaissant temporairement ses légumes, madame Brochu le guida au deuxième étage et lui ouvrit la porte de l'appartement où, pour changer, il pénétrait en toute légalité. Impression étrange que de visiter à la lumière du jour cet endroit qu'il avait arpenté dans les ténèbres, à la sauvette. Contrairement au souvenir sinistre qu'il en gardait, l'appartement se révéla agréable, bien éclairé, remarquable surtout par sa décoration typiquement japonaise. Bilodo, n'ayant entrevu les lieux qu'à la lueur égoïste d'une lampe de poche et à travers le prisme glauque du stress, n'avait pu admirer les meubles, les stores, les luminaires, tous ou presque d'inspiration ou de facture japonaise. On se serait cru transporté au pays du Soleil-Levant. Où qu'il se posât, son regard rencontrait la forme torturée d'un bonsaï, une estampe, un bibelot, la statuette d'une geisha alanguie ou un bonze replet au sourire sagace, un samouraï ombrageux brandissant son sabre. Les tapis matelassés sur lesquels Bilodo avait cru marcher étaient des tatamis assemblés sur le plancher comme les pièces d'un puzzle géant. Quant à ce truc, cet objet bizarre qu'il avait renversé dans sa fuite, il s'agissait d'une ravissante petite table en bois précieux, délicatement sculptée en forme de feuille ployant sur sa tige, probablement destinée à servir le thé. Le bureau, seule touche occidentale du décor, était flanqué de grandes étagères bourrées de bouquins, tandis que la seconde zone du salon, délimitée par un paravent de papier où figurait un paysage de montagne agrémenté de cerisiers en fleur, devait tenir lieu de salle à manger et ne contenait qu'une table basse, entourée de coussins brodés et surmontée d'un petit jardin zen.

La chambre était sobrement meublée d'un futon et d'une armoire dont les panneaux mobiles, ornés de grandes glaces, vous réfléchissaient de pied en cap. Quant à la salle de bain, elle était agrémentée d'une curieuse petite baignoire en bois, sorte de cuve haute et étroite installée directement dans l'autre, la baignoire ordinaire, sans doute afin de faciliter la vidange.

Grandpré avait donc été un adepte de l'art de vivre japonais. Rien d'étonnant chez un si fervent amateur de haïkus. Son extravagante robe de chambre écarlate ne pouvait être qu'un kimono, qui devait maintenant reposer dans un sinistre placard de la morgue, à moins qu'on ne l'eût incinéré avec son propriétaire.

Le comptoir de la cuisine était immaculé et l'odeur de pourriture n'était plus perceptible : madame Brochu y avait pourvu. Quant au carreau brisé de la porte, on l'avait remplacé. Rien ne laissait deviner que l'endroit avait été récemment cambriolé. Embarrassée, madame Brochu expliqua combien elle avait été surprise d'apprendre que feu le précédent locataire, apparemment privé d'héritier ou de parent proche, lui avait légué par testament ses meubles et toutes ses affaires. C'était un ennui pour la pauvre dame qui se voyait obligée d'en disposer elle-même, à ses frais, mais pour Bilodo c'était une chance inespérée : il proposa de louer l'appartement tel quel, arrangement que madame Brochu ne fut que trop heureuse d'agréer. Quelques minutes plus tard, Bilodo signait son bail et recevait la clé de son nouveau logis. Il jubilait intérieurement, persuadé d'avoir trouvé enfin le moyen de surmonter l'obstacle poétique. Quelle meilleure façon de pénétrer l'âme de Grandpré qu'en vivant comme lui-même avait vécu ? Bilodo parcourut les différentes pièces, avec un frisson d'excitation devant ce riche gisement d'existence qui n'attendait que d'être prospecté. Il fouillerait partout, s'imprégnerait de l'atmosphère des lieux, en aspirerait le moindre effluve. Il vampiriserait l'aura évanescente de son prédécesseur, apprendrait tout de lui et se glisserait si intimement dans sa pensée qu'il lui serait ensuite facile de deviner, de sentir ce que Grandpré aurait écrit.

9

Bilodo ne découvrit aucun cadavre dans les placards de Grandpré ni rien de louche dans son frigo, rien de particulièrement remarquable non plus dans les armoires de la cuisine hormis une ample provision de thé et plusieurs bouteilles de saké. Cependant, il trouva une quantité phénoménale de mi-bas dépareillés dans les tiroirs de la commode, de même que dans le panier à linge sale, et se demanda en quoi cette énigme odorante éclairait la psychologie du défunt : Grandpré volait-il des chaussettes dans les buanderies ? En faisait-il une collection ? Se transformait-il en mille-pattes à la pleine lune ? Par ailleurs, l'appartement ne contenait rien qui ne fût banal. Ce qui impressionnait le plus Bilodo, c'était la quantité de livres. Bien entendu, la plupart étaient d'auteurs japonais.

Des centaines d'ouvrages aux titres et aux noms exotiques s'alignaient sur les étagères. Ouvrant au hasard un roman d'un certain Mishima, il tomba sur un passage où une jeune femme pressait son sein afin d'en extraire un peu de lait maternel pour le thé de son amant. Troublé, Bilodo referma le livre ; remettant à plus tard le soin de parfaire son éducation littéraire, il entreprit d'examiner les papiers de Grandpré qu'il n'avait pu emporter la nuit de l'effraction. Ce fut ainsi qu'il découvrit une lettre de Ségolène, une lettre conventionnelle, tout en prose, qui datait de trois ans.

Dans sa première missive à Grandpré, la Guadeloupéenne se présentait comme une amatrice de poésie japonaise et commentait favorablement un article sur l'art du haïku selon Kobayashi Issa que Grandpré avait fait paraître dans une revue d'études littéraires. D'autres lettres suivaient, témoignant de la rapidité avec laquelle s'était développée une complicité intellectuelle entre eux, puis de la naissance du projet de *renku*, une idée de Grandpré. C'était donc ainsi qu'ils s'étaient connus. Un intérêt commun pour la littérature japonaise les avait fait se croiser, se lier. Un mystère au moins se trouvait élucidé.

Stimulé par cette première avancée, Bilodo décida d'effectuer une nouvelle tentative poétique. La perspective du week-end favorisait son projet. Il verrouilla la porte, ferma les stores et invoqua les maîtres anciens, sollicitant respectueusement leur bienveillance, puis plongea en lui-même comme à la pêche aux huîtres perlières.

*

Estimant que ses haïkus précédents souffraient d'une carence en *fueki* – principe d'éternité –, Bilodo écrivit toute la nuit et acheva aux petites heures un poème qui se voulait une célébration de l'aube triomphante :

Le soleil se lève
monte à l'horizon
comme un gros ballon doré

Bilodo jugea que ce n'était pas trop mal. Pour ce qui était du *fueki*, on était servi en tout cas, mais la teneur en *ryûko* – élément éphémère ou trivial – n'était-elle pas insuffisante ? Afin d'atteindre ce subtil équilibre qui était la marque du bon haïku, il se remit à l'ouvrage, s'efforçant de doser les deux principes contradictoires :

Le soleil se lève
je mets sur mes toasts
du fromage en tranches

Le soleil se lève
comme un gros nombril doré
sur un ventre creux

Le soleil se lève
comme un fromage doré
allons déjeuner

Bilodo nota que son ventre gargouillait. C'était sans doute normal puisqu'il n'avait rien mangé depuis la veille, obnubilé qu'il était par la création. Ceci expliquait-il cela ? La poésie n'était-elle au fond qu'une affaire d'estomac ? Il laissa la question en suspens et alla déjeuner au Délicieux Orient, un restaurant japonais du quartier.

*

En fin d'après-midi, il reçut la visite de madame Brochu, qui apportait un panier de fruits en cadeau de bienvenue. Elle constata l'avancement de l'installation de son locataire et tint à s'assurer qu'il n'avait besoin de rien.

Saisissant l'occasion d'en savoir un peu plus long au sujet de Grandpré, Bilodo l'invita à prendre le thé et fit le service sur la jolie petite table en forme de feuille. Après qu'eurent été échangées les politesses d'usage, il aiguilla la conversation vers l'ancien locataire. Les affreuses circonstances de sa mort furent évoquées, commentées, déplorées. Bilodo apprit que Grandpré avait été professeur de littérature au collège voisin, mais qu'il avait pris sa retraite l'année précédente, quoiqu'il fût encore assez jeune. Encouragée par la vive attention de Bilodo, la dame confia que le pauvre homme s'était comporté de manière étrange durant les derniers mois de sa vie, ne sortant guère de chez lui et se repassant sans cesse les mêmes disques de musique chinoise. Un genre de dépression, jugeait-elle, osant à peine chuchoter ce mot funeste.

Après le départ de madame Brochu, Bilodo acheva de vider la théière, tout songeur. La personnalité de Grandpré restait nébuleuse à maints égards, et les méandres de son esprit largement inexplorés, mais le jour commençait à poindre. Du témoignage de la propriétaire se dégageait un élément nouveau : la musique. Pouvait-elle ajouter à la compréhension du personnage ? Bilodo trouva tout de suite les enregistrements de musique chinoise dont avait parlé la dame – il s'agissait en fait de musique traditionnelle japonaise. Il choisit un disque au hasard. Les sonorités d'une flûte mélancolique et d'accords pincés sur un genre de luth emplirent le salon d'une suave mélopée. Subitement inspiré, Bilodo saisit sa plume...

*

Il écrivait, mettait un disque après l'autre et s'imbibait de thé tandis que se succédaient les fantômes des heures. Le *koto* égrenait ses arpèges, accompagné tantôt par un *samisen* aigrelet, tantôt par un *shô* qui soulignait l'aérienne sonorité du *hichiriki* ou le chant envoûtant d'une femme nasillarde, et Bilodo écrivait comme en transe, tendu de tout son être vers le *wabi* (beauté dépouillée en accord avec la nature), pénétré par les vertus immémoriales du *sabi* (simplicité, sérénité, solitude). S'imaginant qu'il se promenait dans l'automne cramoisi du mont Royal, il cherchait à traduire la contagieuse apathie des arbres impudiques, le bruissement des feuilles qu'effarait le vent, le chant des oiseaux sur le départ et les derniers croustillements des insectes. Il écrivait, cherchant la complicité des mots, s'efforçant de les attraper au vol avant qu'ils ne s'égaillent, de les capturer tels des papillons dans le filet de la page et de les épingler au papier. Une fois obtenu un vers qui semblait potable, il décidait cinq minutes après qu'il sonnait creux et le jetait en pâture à la corbeille, puis recommençait, pataugeant dans une mare de cellulose chiffonnée, ne s'arrêtant que pour tracer un occasionnel hiéroglyphe dans le sable du petit jardin zen ou relire tel haïku de Grandpré ou de Ségolène, les récitant à voix haute afin d'en mieux admirer la vibrante spontanéité.

Il se fit livrer du Délicieux Orient des sushis, qu'il prit soin de manger en cachette de Bill, puis continua de noircir la clairière enneigée des pages toute la nuit, puis toute la journée du dimanche, carburant désormais au saké, puis encore toute la soirée jusqu'à ce que la tête lui tourne, que son regard diverge et que sa plume lui tombe des doigts. Alors il alla s'écrouler sur le futon et sombra dans un sommeil peuplé de vivants idéogrammes, rêva que Ségolène ouvrait son corsage et extrayait de son sein un peu de lait qu'elle laissait ensuite égoutter entre ses propres lèvres...

Le lundi matin le trouva avec les neurones en bataille. Bilodo goba quatre aspirines, prit une douche interminable, puis fit un tri parmi les rares feuillets dignes d'échapper à la destruction, arrêtant son choix sur un poème écrit au crépuscule :

Le soleil se couche
et bâille sur le balcon
ronfle à ma fenêtre

Le tercet lui semblait dégager un certain arôme de poésie pas totalement étranger à ce que Grandpré aurait pu écrire. Ça y était presque. Mais presque, c'était encore trop peu, et il déchira méthodiquement le feuillet en fragments minuscules qu'il projeta en neige autour de lui. Pour la seconde fois en deux semaines, il téléphona aux Postes afin de prévenir qu'il s'absentait, puis fit chauffer l'eau pour le thé et se remit au boulot, résolu à sacrifier une forêt tout entière s'il le fallait.

Il était presque midi lorsque le claquement de la fente aux lettres le fit sursauter. Constatant avec un brin de jalousie qu'on semblait l'avoir remplacé sans trop de peine, Bilodo alla ramasser le courrier de Grandpré. Il y avait deux publicités, une facture, et une lettre de Ségolène.

*

Il lui fallut un moment pour se ressaisir. Bilodo n'avait pas prévu cet événement. Il n'avait pas pensé que Ségolène écrirait avant que Grandpré n'ait répondu à son haïku du bébé phoque. Le coupe-papier tremblait dans sa main quand il fendit l'enveloppe. Celle-ci ne contenait comme toujours qu'un seul feuillet :

Vous ai-je déplu ?
oublions l'automne
ai-je encore votre amitié ?

Bilodo se sentit puissamment appelé par le ton si direct du haïku, et fut alarmé par l'inquiétude presque palpable qui en émanait. Habituée à la régularité de son correspondant, Ségolène s'interrogeait sur son mutisme ; elle craignait de l'avoir offensé de quelque manière, la pauvre. Bilodo l'imagina soucieuse tandis qu'elle composait le poème et que l'anxiété envahissait son beau visage, en altérant la douce plénitude. Cette vision d'une Ségolène que l'angoisse s'appropriait lui fut insupportable, et il ressentit l'urgence d'agir. Il fallait répondre très vite pour la rassurer et ranimer son sourire. Bilodo devait cesser d'hésiter et pondre enfin ce maudit haïku !

10

L'herbe comblait à peine les interstices sur la tombe fraîchement gazonnée de Gaston Grandpré. Bilodo se recueillit. Espérant émouvoir ce qui subsistait du défunt, son âme attardée peut-être, il peignit à mots silencieux l'inquiétude de Ségolène, l'urgence de la situation, et fit valoir l'honnêteté de ses intentions, la sincérité de ses sentiments. En toute humilité, il rendit compte à celui qui dormait sous terre de l'application qu'il avait mise à imiter ses œuvres, et le supplia respectueusement de l'éclairer : que pouvait-il faire ? Restait-il quelque geste qu'il faille encore poser, quelque sacrifice auquel il dût consentir, quelque clé qu'il eût négligé d'insérer dans la serrure compliquée de cette porte lui interdisant l'accès à la poésie ?

Agenouillé sur le gazon humide, Bilodo attendit, écouta de toutes ses forces, mais nulle révélation ne s'éleva de la tombe, nulle voix sépulcrale n'en jaillit. Le défunt n'avait apparemment aucun conseil à formuler. Et pourtant...

*

La nuit suivante, Bilodo rêva de Grandpré. En fait, il rêva qu'il s'éveillait et trouvait à son chevet Grandpré drapé dans son kimono rouge. Le revenant souriait malgré le sang qui maculait son front pâle, malgré ses cheveux emmêlés. Sans cesser de sourire, il se déplaçait dans la pièce comme sur un roulement à billes, glissait ainsi jusqu'à l'armoire, en ouvrait la porte et désignait du doigt la tablette du haut...

Bilodo s'éveilla pour de bon, du moins en principe car il se demanda si ce n'était que la fractale d'un rêve plus profond, s'il ne faisait que rêver qu'il s'éveillait ou si vraiment c'était réel cette fois, puis constata qu'il n'y avait aucun Grandpré spectral dans les parages et opta pour la seconde hypothèse. Il considéra l'armoire, songeant à ce geste, que le fantôme avait eu, d'indiquer la tablette.

Évidemment, ce n'était qu'un songe, mais Bilodo ne put dominer sa curiosité et décida d'aller y voir de plus près, à tout hasard. Il ouvrit l'armoire. La tablette supérieure était haute et profonde. Bilodo y explora le vide du bout des doigts. Il toucha quelque chose. Une boîte rangée tout au fond. Interdit, il la tira vers lui. C'était une boîte en carton noir, assez grande, pas très lourde, ornée d'idéogrammes japonais. Bilodo la déposa sur le lit, en souleva le couvercle. Plié dans un fin papier de soie, il y avait un kimono rouge.

*

Le kimono semblait n'avoir jamais été porté. Bilodo le retira de la boîte, le déplia. Le tissu en était soyeux, chatoyant. Un bien beau vêtement. Bilodo céda au désir de l'endosser et s'étonna de s'y sentir parfaitement à son aise. Il fit quelques pas et tourna sur lui-même afin d'éprouver la légèreté du kimono. Il en fit voler les pans autour de lui, se prenant pour Lawrence d'Arabie dans son premier costume d'émir, puis s'admira dans la glace. Le vêtement épousait fidèlement sa silhouette. On aurait dit qu'il avait été taillé pour lui. Bilodo était comme électrique. Comme si un flux léger parcourait ses nerfs, les chatouillait jusqu'aux extrémités. Cédant à une impulsion, il quitta la chambre, alla s'asseoir au bureau, plaça devant lui un feuillet vierge, souleva un stylo, en déposa la pointe. Alors le miracle se produisit. La bille du stylo se mit à rouler sur le papier, à y tracer un sismographique chapelet de mots. Bilodo rêvait-il encore ? Voilà que l'inspiration lui venait tout à coup. C'était comme une digue qui cédait en lui, comme un moteur grippé qui démarrait enfin. Des images se bousculaient au portillon de sa conscience, s'entrechoquaient sur le billard de son imagination.

Une minute après, c'était fini : la force mystérieuse avait quitté Bilodo, le laissant hagard, épuisé. Un haïku se trouvait devant lui. Il s'était écrit tout seul, d'un jet, sans une rature, sans que la volonté ait rien à y voir, et d'une main qu'on aurait juré être celle de Grandpré :

Neiges éternelles
hautes – immuables
telle est mon amitié

Curieux de s'expliquer cette bizarrerie, Bilodo envisagea quelque chose de l'ordre du conditionnement dont le catalyseur avait été la découverte du kimono. Le fait d'endosser le vêtement, de se glisser symboliquement dans la peau de

Grandpré avait vraisemblablement déclenché le processus créatif qu'il cherchait à amorcer depuis des jours. Ou alors s'agissait-il de spiritisme ? Bilodo venait-il d'être temporairement possédé ? L'esprit de Grandpré avait-il exaucé son vœu, trouvant ainsi le moyen de lui venir en aide ? Il se sentait trop bouleversé pour en décider. L'important, c'était le poème : que ce fût ou non sous influence, Bilodo venait de créer ce qui lui semblait être le premier vrai bon haïku de sa vie. Saurait-il réconforter Ségolène ? Lui plairait-il ?

Bilodo plia le feuillet et l'inséra dans une enveloppe, mais, au moment de clore celle-ci, il hésita, en proie à un ultime dilemme : devait-il ajouter au haïku ce « O » stylisé que Grandpré avait eu l'habitude de dessiner partout ? S'agissait-il d'un genre de signature ou de sceau graphique dont l'absence pouvait éveiller quelque suspicion ? Pour le savoir, il aurait fallu examiner les précédents envois du défunt ; une fois de plus, la perte de sa dernière lettre se faisait cruellement sentir. Prenant finalement le risque de s'abstenir, Bilodo scella l'enveloppe et se dépêcha d'aller la poster avant de changer d'idée.

Le haïku mettrait cinq à six jours pour arriver jusqu'à Ségolène, et il en faudrait au moins autant avant que la réponse de celle-ci lui parvienne. En supposant qu'elle réponde, que l'imposture reste insoupçonnée, que le stratagème fonctionne.

*

La lettre arriva onze jours plus tard. Bilodo l'avait espérée avec toute l'ardeur dont il était capable, multipliant les prières, n'osant plus toucher sa plume ni endosser le kimono de crainte de compromettre le fragile équilibre du sort, mais enfin elle était là, dans sa main, tandis qu'il se tenait statufié devant son comptoir du Centre de tri. Incapable d'attendre, il courut aux toilettes, se barricada dans la cabine du fond, déchira l'enveloppe et lut :

Hauts pics escarpés
veuillez agréer l'hommage
de l'humble alpiniste

Bilodo fut tout à coup transporté dans un décor himalayen digne de *Tintin au Tibet*. Cramponné à un rocher, il se tenait à mi-hauteur d'une coulée abrupte que tapissait une neige vierge, éblouissante sous le soleil cru, tandis que devant lui s'élevait le sommet, lointain encore et pourtant proche dans l'air raréfié, se découpant nettement sur le bleu profond du ciel, ombrageux, glorieux dans son âpre majesté... Savourant pour la première fois depuis trop longtemps les mots de Ségolène, Bilodo se sentit revigoré, fort comme un yeti. C'était comme une transfusion après l'hémorragie, comme une bouffée d'oxygène au moment de l'asphyxie. Il exultait dans les toilettes.

Ça avait marché ! Elle y avait cru !

11

Certains monts austères
rêvent en secret
qu'on ose enfin les gravir

Ils font les gros durs
dans leurs habits d'avalanche
mais ont le cœur tendre

Ils ont peur la nuit
pleurent d'être seuls
leurs larmes font des cascades

C'est ainsi que naissent
les lacs de montagne
dans le silence glacé

*

Bilodo ne trouvait rien à souhaiter qui puisse s'ajouter à son bonheur. Que désirer de plus? Le kimono l'attendait, suspendu dans l'armoire, mais il se gardait d'en abuser; il l'économisait, ne le revêtant que lorsque venait le moment de répondre à Ségolène. Il lui suffisait alors d'endosser l'habit miraculeux pour que s'envole son âme, pour qu'elle parte en fusée et qu'affluent les couleurs, les visions. Bilodo avait finalement rejeté toute explication surnaturelle. Il estimait que son rêve d'un Grandpré spectral et la découverte du kimono n'étaient qu'une heureuse coïncidence et que, pour le reste, c'était l'inconscient qui se manifestait. D'ailleurs, il ne tenait pas à fouiller plus profondément la question, de crainte que trop de curiosité ne vienne freiner son élan créateur et compromettre la poésie. Peu lui importait la cause fondamentale du prodige pourvu que ça marche et qu'il puisse continuer d'écrire à Ségolène, pourvu qu'il puisse rêver d'elle jouant de la flûte au bord de la rivière paresseuse et charmant les serpents comme dans ce tableau du douanier Rousseau, puis sommeillant sur un lit de verdure tandis que les fleurs sauvages l'habillaient de leurs vivants pétales et que les animaux de la forêt montaient auprès d'elle une garde jalouse.

*

Formes chatoyantes
l'aube entre les cils mi-clos
théâtre irisé

Une fleur s'envole
des cheveux de la marchande
c'est un papillon

Commandos de monstres nains
hantant les trottoirs
soirée d'Halloween

Cheval emballé
la belle épouvante
quelle mouche l'a piqué ?

Flaques de cristal
l'herbe craque sous mes pas
un nouvel hiver

Sur le lit mon chat ronronne
juste sous son nez
file la souris

Parfaite beauté
la divine architecture
du flocon de neige

D'immenses dos noirs
soulèvent la mer
les cachalots batifolent

*

Elle nageait et folâtrait, immense et pourtant si légère. Son corps sombre et fuselé ondoyait avec grâce, se découpait à contre-jour sur l'écran moiré de la surface, frôlait le rideau scintillant, le fendait parfois du dos. Elle nageait et chantait, elle comblait l'océan de ses vocalises, car elle était une baleine. Et lui aussi. Ils étaient des baleines et nageaient de concert, ils s'en allaient là-bas où ça n'avait pas de nom, où c'était simplement là-bas, au loin du bleu éternel. Rien ne les pressait. Ils lambinaient, planaient dans un crépuscule où la lumière hésitait. Ils chassaient un peu puis se laissaient porter, se fiaient aux courants. Ils remontaient de temps en temps pour souffler un geyser de vapeur iodée et refaire le plein d'air, pour se bercer au fil de la vague, puis ils redescendaient là où il faisait doux.

C'était bon d'être une baleine. C'était bon d'être avec elle, d'être deux avec elle, et d'être libres ensemble. S'il avait pu choisir, il aurait préféré être l'océan pour étreindre Ségolène plus étroitement encore, et l'enlacer partout à la fois dans ses bras d'eau infinis, et glisser sur sa peau tout entière à jamais ; malgré tout c'était bien d'être une baleine. C'était déjà beaucoup pourvu qu'elle soit là, et qu'ensemble ils puissent échapper au temps.

Voilà qu'elle sondait l'océan tout à coup. Elle piquait du nez, fuyait la lumière. Avait-elle détecté quelque proie appétissante ? Était-ce pour le simple plaisir d'aller au fond des choses, d'explorer quelque épave inconnue, ou jouait-elle seulement à cache-cache ? Il la suivit, s'enfonçant à grands coups de queue ; il n'allait pas se laisser distancer. Il plongea à sa poursuite là où le noir s'épaississait, vous cernait, vous enserrait toujours plus fort, toujours plus froid. Déjà il ne la voyait plus, mais il sentait vibrer cette masse d'eau qu'elle déplaçait et l'entendait chanter dans les ténèbres proches. Elle appelait. C'était lui qu'elle appelait, et il répondit, chantant aussi, car c'était ainsi que communiquaient les baleines ; on chantait dans le néant, sans crainte du noir toujours plus noir, toujours plus profond.

12

Un gamin qui crie
brandit son bâton
il vient de compter un but

La fillette crie
Sur le bord de la fenêtre
une scolopendre

Sur la corde à linge
gèle la lessive
et grelottent les moineaux

Ma voisine Aimée
jardine en robe fleurie
on l'arroserait

*

L'hiver sévissait. Il y avait déjà trois mois que Bilodo s'était installé chez Grandpré. Il s'y sentait parfaitement chez lui maintenant, mais il continuait de penser « chez Grandpré » par réflexe, et aussi par respect pour celui à qui il devait son bonheur. Il n'allait plus à son ancien trois-pièces que pour récupérer son maigre courrier et vider sa boîte vocale des propositions graveleuses qui continuaient d'y affluer. Ses meubles et la plupart de ses affaires se trouvaient toujours là. Il n'avait presque rien déménagé chez Grandpré, ne voulant pas dénaturer l'agréable atmosphère orientale des lieux. Il aurait pu sous-louer son ancien appartement désormais inutile, mais il y avait renoncé, car cette adresse officielle lui servait à la fois de couverture et d'alibi, lui permettant de préserver la quiétude de l'existence qu'il menait parallèlement dans son antre de la rue des Hêtres; ainsi, il n'avait à redouter ni les visites d'importuns ni les intrusions intempestives de Robert. Bilodo n'avait rien dit à ce dernier, et la seule pensée du préposé débarquant avec ses gigantesques sabots dans l'intimité feutrée de son sanctuaire japonais le faisait frémir. Robert, pas si idiot, se doutait de quelque chose. Il lui paraissait étrange que Bilodo ne réponde jamais au téléphone et soit toujours absent quand il passait chez lui. Ses questions devenaient embarrassantes, et Bilodo trouvait de plus en plus difficile de les esquiver.

Hormis les indiscrétions de Robert, le monde extérieur n'intervenait guère dans cette vie recluse, toute centrée sur l'idylle imaginaire de Bilodo. Il y avait Tania, au Madelinot, qui ne manquait jamais une occasion de s'informer de l'avancement de ses recherches sur la poésie japonaise. En effet, Bilodo avait pris l'habitude de consacrer ses pauses à la révision de haïkus destinés à Ségolène, et Tania, curieuse, lui demandait souvent ce qu'il écrivait, et si elle pouvait lire. Il refusait aussi gentiment que possible, prétextant que c'était trop personnel, mais la jeune serveuse continuait de manifester un vif intérêt pour ses œuvres, de manière touchante. Il regrettait de devoir toujours dire non à Tania. Désireux de lui plaire, il promit d'écrire quelque jour futur un haïku spécialement pour elle, ce qui parut la combler de joie.

À part ça, Bilodo ne voyait presque personne. Il y avait madame Brochu avec qui il échangeait d'occasionnelles politesses, quoique plus brièvement depuis un récent incident : venue frapper à sa porte pour lui demander de baisser le volume de la musique chinoise, la dame avait paru choquée de le trouver vêtu du kimono de Grandpré. Sa cordialité avait décru depuis lors, et elle considérait désormais Bilodo d'un œil méfiant. Il pouvait la comprendre. Vu de l'extérieur, son comportement avait sans doute de quoi surprendre. Vu de l'intérieur aussi d'ailleurs : vivre ainsi qu'il le faisait, dans la peau et les dessous d'un autre, dénotait indubitablement un haut degré d'excentricité. Mais c'était une bizarrerie qu'il assumait entièrement, quoi qu'on puisse en penser : l'important, c'était de n'en jamais perdre de vue l'intime logique.

*

Un itinérant
on l'a trouvé ce matin
raide sur un banc

Tête dans les nues
de la Soufrière
comme en de hautes pensées

Il neige à plein ciel
déjà trente centimètres
les souffleuses en bavent

Vidé touloulou
c'est le Grand brilé Vaval
ti-punch coule à flots

*

«Vidé», en créole, c'était une parade, un défilé, car là-bas aussi, en Guadeloupe, c'était la fin de février, le temps du carnaval. Touloulou, c'était un bal où les dames jouissaient du privilège de choisir leurs cavaliers, tandis que Vaval était le roi de la fête, la mascotte locale. Le «Grand brilé» était une cérémonie populaire qui se déroulait le soir du mercredi des Cendres, et concluait le carnaval par l'incinération du malheureux Vaval sous les cris et lamentations de la foule hystérique. Quant à ce ti-punch qui coulait à flots, c'était assez clair en soi. Bilodo supposait que tout ça devait ressembler au Carnaval de Québec, avec cinquante degrés de plus.

Voulant partager l'humeur festive de Ségolène, et lui prouver que le créole d'ici n'était pas moins pittoresque que celui qu'on parlait chez elle, il lui expédia un retentissant:

Swigne la bacaisse
dans l'fond de la boîte à bois
A-wing-ahin-hin

Et lui qui n'avait jamais mis fût-ce un orteil sur une piste de danse rêva cette nuit-là qu'il swignait allègrement avec Ségolène dans le décor hautement métissé d'une ville en fête tenant à la fois du Vieux-Québec et de Pointe-à-Pitre, qu'ils dansaient tantôt un frénétique rigodon sur la chaussée glacée du carré d'Youville, tantôt un gwoka endiablé dans la moiteur parfumée de la place de la Victoire. Et Ségolène riait, et elle tournoyait, infatigable, et ses cheveux fouettaient la nuit.

13

Le premier lundi de mars arriva de France un colis adressé à Gaston Grandpré. Le paquet contenait un manuscrit intitulé *Enso*, dont l'auteur était Grandpré lui-même, et dont la page de présentation était illustrée d'un cercle noir aux contours effilochés. Encore ce cercle mystérieux, ce « O » qu'on retrouvait partout sur les papiers du défunt. Le document était accompagné d'une brève lettre du directeur de la collection « Poésie en liberté », des Éditions du Roseau, à Paris, dans laquelle on reconnaissait à l'œuvre certains mérites, tout en regrettant de ne pouvoir la retenir pour publication. Bilodo feuilleta le manuscrit, qui ne comptait qu'une soixantaine de pages sur chacune desquelles était écrit un seul haïku. Il ne fut pas vraiment surpris de constater que le poème qui inaugurait le recueil lui était familier :

Tourbillonnant comme l'eau
contre le rocher
le temps fait des boucles

Les haïkus suivants lui étaient également connus : il les avait relus maintes fois, dans des versions parfois légèrement différentes de celles qu'il avait maintenant sous les yeux :

Surgies du levant
les mouettes crient
sorcières au sabbat

Granit vertébral
schizophrénie d'épinettes
puis la plage enfin

Généreux élan
Oh ! cet impeccable swing
du joueur de golf !

Son driver de lumière
expédie la balle
parmi les étoiles

N'ayant jamais parcouru les haïkus de Grandpré que de manière aléatoire, en extrayant au hasard l'un ou l'autre poème parmi les papiers anarchiques de ce dernier, Bilodo trouva fort différent de les lire dans cet agencement qui leur conférait une sorte de puissance incantatoire. Page après page, Bilodo avait l'impression de progresser vers un but occulte, de marcher malgré lui vers un destin implacable. Les haïkus résonnaient l'un contre l'autre, produisaient une musique mentale au rythme obsédant. Ils lui procuraient une sensation de déjà-vu ou, plutôt, de « déjà-rêvé », et remuaient d'anciennes images dans les strates profondes de sa mémoire.

Dans l'abysse les ténèbres
ça ne veut rien dire
la lumière y tue

Cage thoracique
parfaitement nettoyée
siècles nécrophages

Percer l'horizon
voir derrière le décor
embrasser la Mort

Réjouissez-vous
tritons et sirènes
car le prince est de retour

Sombres et pourtant lumineux, les haïkus se succédaient, théorie de poissons pélagiques distillant leur propre phosphorescence. Intrigué par le titre du recueil, Bilodo chercha dans le dictionnaire le mot « Enso », en vain. Mais sur Internet, il eut la satisfaction de voir s'afficher à l'écran de nombreuses références, toutes accompagnées de cercles analogues à celui de la page de couverture, et découvrit qu'il s'agissait d'un symbole traditionnel du bouddhisme zen. Le cercle Enso représentait le vide mental (*satori*) qui permet d'atteindre à l'illumination. Peint par les maîtres zen depuis des millénaires, l'Enso donnait lieu à un exercice spirituel de méditation sur le non-être. Tracé d'un seul coup de pinceau simple et ininterrompu, sans hésitation ni réflexion, le cercle était supposé révéler l'état d'esprit de l'artiste : on ne pouvait faire un Enso puissant et bien balancé que si on avait l'esprit clair, libre de toute pensée ou intention.

Au fil de ses recherches, Bilodo apprit que le cercle zen se prêtait à de multiples interprétations, représentant aussi bien la perfection, la vérité, l'infinité, la simplicité, le cycle des saisons, la roue tournant sur elle-même. Globalement, Enso symbolisait la boucle, la nature cyclique de l'univers, l'éternel recommencement, le perpétuel retour au point de départ; en ce sens, il était similaire au symbole grec Ouroboros du serpent qui mord sa propre queue.

Enso, un symbole d'une foisonnante richesse, et un titre qui prenait tout son sens lorsqu'on parvenait à la dernière page du manuscrit de Grandpré, où était imprimé le même haïku qu'au début:

Tourbillonnant comme l'eau
contre le rocher
le temps fait des boucles

Ce redoublement ne pouvait être accidentel. Grandpré avait voulu son recueil ainsi; il l'avait conçu en forme de boucle. Ce retour au poème initial, qui lui-même évoquait la boucle, c'était Enso, le cercle zen, le perpétuel recommencement du livre.

Bilodo, songeur, referma le manuscrit. Il regrettait qu'on en ait rejeté la publication. L'œuvre rassemblait les meilleurs poèmes de Grandpré, ce qu'il avait écrit de plus achevé, et un tel refus paraissait injuste: les types de la maison d'édition se mettaient évidemment le Roseau dans l'œil. Mais, après tout, ils n'étaient pas les seuls éditeurs au monde. Interrogeant de nouveau le Web, Bilodo obtint une liste des principaux éditeurs de poésie québécoise et prit une décision : il présenterait le manuscrit ailleurs. Quelque part quelqu'un finirait bien par se montrer clairvoyant.

Il allait faire publier le recueil. C'était un devoir posthume dont il se sentait investi. N'était-ce pas le moins qu'il puisse faire pour honorer la mémoire de Grandpré, ce pionnier qui avait tracé pour lui un sentier menant à Ségolène ?

14

Au fond du canot
suffoque le poisson-coffre
il se noie dans l'air

Être une grenouille
et respirer par la peau
meilleur des deux mondes

Goutte de pluie sur la feuille
pour la coccinelle
c'est un cataclysme

Le maître fidèle
se penche et ramasse
Qui tient vraiment la laisse ?

Flots de Désirade
purs et lumineux
comme un tanka de Bashô

*

Bilodo commençait à connaître un peu Bashô, ce fameux auteur de haïkus du XVIIe siècle, mais qu'était-ce donc déjà qu'un *tanka*? Le mot ne lui était pas étranger. Il se rappelait l'avoir survolé lors de ses recherches littéraires à l'automne précédent.

Il lui fut facile d'en retrouver la trace dans les livres de Grandpré. Le *tanka* était la forme classique la plus ancienne, la plus élevée de la tradition poétique japonaise, dont l'art était exclusivement pratiqué à la cour impériale. C'était l'aïeul du haïku, l'ancêtre vénérable dont il était issu. Il s'agissait d'un poème plus ample, comptant cinq vers au lieu de trois, et construit en deux parties: la première, un tercet de dix-sept syllabes, n'était autre que ce bon vieux haïku, auquel on ajoutait un distique, divisé en deux vers de sept syllabes, qui lui venait comme en réponse, et qui le relançait. Bilodo apprit que chacune des deux formes avait sa vocation particulière: à la différence du haïku, poème bref qui s'adressait aux sens et s'intéressait à l'observation de la nature, le *tanka* se voulait lyrique, exquis, raffiné ; il avait pour propos l'exploration de thèmes et de sentiments nobles tels que l'amour, la solitude, la mort, et se dédiait à l'expression d'émotions complexes.

Bilodo frémit. Comment fallait-il interpréter cette allusion de Ségolène au *tanka* ? S'agissait-il d'un message subtil, d'une invite ?

Une forme favorisant l'expression des sentiments. N'était-ce pas justement ce à quoi Bilodo aspirait ? Ne lui était-il pas arrivé de se sentir coincé aux entournures par les limites qu'imposait le haïku ? Franchement, n'en avait-il pas assez d'évoquer la météo, les petits oiseaux et les cordes à linge ? N'était-il pas temps d'envisager de plus grandes et belles choses, de faire éclater les coutures du vêtement trop étroit ? N'avait-il pas le désir d'aller plus loin, d'ouvrir enfin son cœur ?

Il enfila son kimono puis se mit à écrire, pressé d'expérimenter cette forme inédite, et fut surpris de la facilité avec laquelle elle se laissait apprivoiser. Ça venait tout seul, ça lui tombait dans les mains comme un fruit mûr :

Certaines fleurs paraît-il
mettent sept ans à éclore

Il y a longtemps
que je veux vous dire
tout l'amour que j'ai pour vous

Assez fier de ce premier *tanka*, Bilodo, euphorique, s'empressa d'aller le poster. Ce ne fut que plus tard, son taux d'adrénaline revenant à la normale, qu'il commença à réfléchir, et que le doute s'installa.

*

À bien y penser, était-ce sage d'expédier à Ségolène un poème si différent de ceux qu'elle recevait d'ordinaire ? Ce n'était pas de la forme qu'il se souciait mais du contenu : comment la jeune femme accueillerait-elle cette déclaration explicite, cette intrusion subite dans le domaine autrefois réservé des sentiments ? Ne fallait-il pas craindre que cela l'indispose ? Est-ce que leur douce complicité ne risquait pas d'en souffrir ? Bilodo n'avait-il pas trop osé ?

Il regrettait maintenant son impétuosité, mais le mal était fait : le *tanka* reposait au fond de la boîte aux lettres de l'autre côté de la rue, désormais irrécupérable. En théorie, du moins. Robert, en sa qualité de préposé à la levée du courrier, ne devait-il pas se pointer en fin de matinée ?

Peu avant l'heure, Bilodo sortit pour aller guetter Robert sur place, tournant devant la boîte postale comme une sentinelle névrosée, sourd au ramage des oiseaux que ramenait du Sud un nouvel avril. Au bout d'une demi-heure enfin, la camionnette apparut. Elle se rangea le long du trottoir, et Robert en descendit, manifestant haut et fort sa joyeuse surprise de trouver là son vieux pote Libido. Abrégeant les effusions, Bilodo expliqua à son ami le service qu'il attendait de lui. Robert se montra d'abord réticent, objectant que sa demande était tout à fait irrégulière, mais ce n'était que pour le faire languir un peu : que pesaient en vérité quelques règlements idiots au regard de l'insécable lien fraternel qui les unissait ? Après avoir soulagé la boîte postale de son contenu, le préposé fit monter Bilodo avec lui dans la camionnette, et là, à l'abri des regards indiscrets, il vida son sac, invitant son ami à récupérer cette fameuse lettre qu'il disait avoir postée par erreur. Bafouillant de gratitude, Bilodo éparpilla les divers paquets, enveloppes, seringues usagées, chandails de hockey volés et autres trucs infâmes qu'avait excrétés la boîte, et trouva sa lettre. Tout danger était désormais écarté, et Bilodo se sentit soulagé, quoique vaguement déçu, sans trop savoir pourquoi. Les yeux fureteurs de Robert avaient cependant déchiffré l'adresse sur l'enveloppe. Pas dupe un seul instant de sa mauvaise excuse, et flairant qu'il y avait là-dessous affaire de dame, le préposé exigea de savoir qui était cette Ségolène à laquelle Bilodo écrivait en Guadeloupe. Ce dernier dissimula instinctivement la lettre dans sa veste. Tout reconnaissant qu'il fût envers Robert, il refusa de parler, déclara que c'était strictement confidentiel. Contre toute attente, Robert se garda d'insister, mais le prévint qu'il n'allait pas s'en tirer sans prendre au moins un verre après le travail pour fêter ça. Bilodo hésita, conscient des risques de dérapage associés à ce genre d'invitation, mais, après ce que Robert venait de faire pour lui, comment refuser ?

15

Bilodo rêvait qu'il entendait rire. Il mit un moment à se rendre compte qu'il était étendu tout habillé sur le futon, avec les stores ouverts et le soleil matinal en pleine face. Il voulut se lever, puis renonça, terrassé par une douleur lancinante qui lui fraisait le crâne. Le souvenir des excès de la veille lui revint par bribes. Il y avait ce pub de la rue Ontario où ils avaient commencé la soirée, ces verres de scotch qui s'étaient succédé sur le zinc. Ensuite, c'était déjà moins clair : il y avait ce club de danseuses de la rue Stanley, cette alcôve où de charnelles beautés se déhanchaient en gros plan, puis ce salon de massage où Robert l'avait traîné de force, puis cette pizza hawaïenne ingérée sur la banquette d'un restaurant irradié de lumière, puis cet autre lieu encore – un bar ? une discothèque ? – dans lequel sa mémoire s'éteignait définitivement. Et il y avait les questions. Ces questions indiscrètes de Robert, qui l'interrogeait encore et encore au sujet de la lettre, de Ségolène, et revenait inlassablement à la charge à mesure que la soirée avançait, que les choses dégénéraient. Le préposé avait voulu profiter de son abrutissement éthylique pour lui sortir un maximum de vers du nez. Que lui avait révélé Bilodo ? Il dut s'avouer qu'il n'en avait aucune idée. Qu'avait-il dit à Robert ? Que s'était-il passé durant ces séquences noires qui hachuraient le film mental de la soirée ?

Le rire du rêve retentit de nouveau, sauf que Bilodo était bien réveillé cette fois. Le bruit provenait de la pièce voisine. On riait dans le salon. Bilodo, stupéfait, reconnut le braiment caractéristique de Robert et comprit que le préposé était là, juste à côté. Une giclée de souvenirs fugaces lui éclaboussa l'esprit : il se souvint tout à coup qu'au terme de la folle virée, aux plus minuscules heures de la nuit, il s'était stupidement laissé reconduire chez lui par son ami. Son nouveau chez-lui ! Sa retraite secrète !

Il se rappela l'étonnement aviné du préposé apprenant qu'il avait déménagé sans rien dire à personne, le petit cachottier, puis découvrant le décor japonais de sa nouvelle tanière. Il revoyait Robert explorant les lieux en quête d'une éventuelle geisha, vidant une bouteille de saké, pissant dans la baignoire, renversant la petite table à thé, puis s'effondrant sur le tatami et ronflant comme un B-52 qui chercherait une ville à atomiser. La migraine de Bilodo le tarauda. Quelle impardonnable bêtise ! Le secret de sa forteresse intime était maintenant révélé. Robert savait. Il était là, dans le salon, et il riait. Qu'est-ce qui pouvait l'amuser autant ?

Malgré le mal de mer, Bilodo navigua jusque dans le couloir. Le rire de Robert fusa de nouveau. S'appuyant au mur, Bilodo atteignit le seuil du salon et y trouva Robert avachi dans le fauteuil à roulettes près du bureau, en train de lire quelque chose qu'il trouvait éminemment comique. Et cette chose était un haïku de Ségolène.

Le tiroir était ouvert, les poèmes de la jeune femme éparpillés sur le bureau, et Robert en tenait quelques-uns à la main, les profanant de son regard impie tout en se grattant l'entrejambe, osant même les réciter de sa voix éraillée de pithécanthrope :

— Ils font les gros durs/dans leurs habits d'avalanche/mais ont le cœur tendre, s'esclaffa Robert. Une pipe avec ça ?

À cette vision du préposé en sous-vêtements qui tenait entre ses gros doigts sales les délicats poèmes de Ségolène et les souillait de son regard torve, de son rire gras, Bilodo sentit son sang se cristalliser dans ses veines. D'une voix blanche, il ordonna à Robert de lui rendre les feuillets, mais celui-ci ne semblait pas pressé d'obtempérer :

— Attends, fit-il en feuilletant les poèmes. Les autres sont encore plus nuls.

Et le préposé récidiva, lisant un nouvel haïku d'une ridicule voix de fausset. Bilodo s'avança. Prêt à esquiver le coup, Robert sauta hors du fauteuil et courut à l'autre bout de la pièce. Bilodo le poursuivit, voulant à tout prix récupérer les précieux poèmes. Déjouant enfin les manœuvres du méchant pitre, il parvint à les saisir, mais l'autre idiot refusait de lâcher prise, et ce qui devait arriver arriva... Bilodo, abasourdi, considéra les fragments de feuillets déchirés que tenait encore Robert, puis ceux qui se trouvaient dans sa propre main.

— Oups ! pouffa Robert.

— Dehors, ordonna Bilodo d'une voix blême.

— Relax. On ne va pas s'énerver pour trois ou quatre poèmes de merde.

Avait-il bien dit « de merde » ? Aussi vite qu'il s'était solidifié, le sang de Bilodo entra en fusion, atteignant d'un coup l'ébullition. Son poing se serra et fila pour percuter le nez de Robert. Ce dernier, projeté à travers les cerisiers du paravent, alla s'écraser avec fracas sur la table basse de l'autre côté. Bilodo lui arracha les feuillets déchiquetés. Le préposé, éberlué, se releva tant bien que mal en tenant son nez sanguinolent et eut le culot de le prendre mal. Blasphémant et gesticulant, il voulut frapper à son tour, mais son coup ne fit qu'effleurer l'oreille de Bilodo qui répliqua d'une solide droite dans l'estomac de Robert. Celui-ci se dégonfla aussitôt, vidé de toute agressivité en même temps que de son oxygène. Bilodo en profita pour l'attraper par le tricot de corps et le traîner dans l'entrée, prenant à peine le temps d'ouvrir la porte avant de le balancer dans l'escalier. Robert descendit trois marches sur les fesses. Pour finir Bilodo lui envoya ses vêtements à la figure et verrouilla la porte.

Il n'en revenait pas. Lui qui n'avait jamais fait de mal à une mouche sans regretter de ne pouvoir d'abord l'anesthésier, il venait de frapper son meilleur ami. Son ex-ami, en fait. Mais pour le moment il avait un souci plus urgent. L'heure était grave : certains des plus charmants haïkus de Ségolène étaient en lambeaux. Indifférent aux insultes et sommations que Robert proférait à l'extérieur comme aux coups violents qu'il assénait à la porte, Bilodo sortit un rouleau de scotch et s'appliqua à recoller les feuillets vénérés. Dehors, Robert en était aux menaces, jurant que Bilodo n'allait pas s'en tirer comme ça, qu'il ne l'emporterait pas au paradis, mais celui-ci n'entendait rien, absorbé par la délicate intervention chirurgicale visant à reconstituer les vers mutilés.

Ce ne fut que plus tard, bien après que les cris de Robert se furent éteints, et une fois la poésie de Ségolène entièrement restaurée, que Bilodo, cherchant dans la poche de sa veste la lettre non expédiée qu'il y avait rangée la veille, découvrit qu'elle n'était plus là. Elle avait disparu avec son *tanka*.

Il ne se rappelait pas ce qu'il avait pu en faire. L'avait-il bêtement égarée pendant les galipettes de la nuit passée, ou était-ce cette crapule de Robert qui la lui avait piquée ?

16

À midi au Madelinot, Bilodo vit Robert assis avec l'inévitable bande de collègues dans le coin des postiers. Difficile de ne pas remarquer l'enflure et les couleurs anormales de son nez. Bilodo sentit se concentrer sur lui un feu de regards hostiles ; Robert avait évidemment fait circuler une version toute personnelle de l'agression. S'efforçant d'ignorer l'animosité ambiante, Bilodo s'installa au comptoir. Tania vint déposer un bol de soupe devant lui, et il commença d'y pagayer en se demandant par quel bout aborder la délicate affaire du *tanka* escamoté. Robert l'avait-il en sa possession ? Impensable de lui poser directement la question, surtout devant les autres. Comment savoir sans se compromettre, sans risquer de voir le préposé profiter de la situation d'une manière ou d'une autre et, le cas échéant, comment récupérer la lettre sans subir l'humiliation de devoir lui présenter des excuses, ou pire encore, selon sa détestable humeur? Bilodo mastiqua distraitement son pâté chinois avec l'espoir que Robert clarifierait lui-même les choses en venant préciser le montant de la rançon, mais ce ne fut pas le cas: rien dans l'attitude du préposé ne laissait croire qu'il eût à son égard d'autre intention que celle de le haïr jusqu'à la fin des temps.

Après déjeuner, à la sortie des toilettes, Bilodo faillit entrer en collision avec Tania qui se tenait là, à côté de la porte, à l'attendre. Rayonnante, la jeune femme désirait le remercier. Pour le poème, bien entendu. Et Bilodo vit qu'elle tenait à la main un feuillet. Le *tanka*!

L'œil humide de bonheur, Tania expliqua quelle agréable surprise elle avait eue en trouvant le poème sur le comptoir, avec l'addition et le règlement. Elle avoua être énormément touchée et baissa pudiquement le regard avant d'ajouter, rougissante, qu'elle éprouvait des sentiments analogues. Bilodo, estomaqué, comprit enfin: elle croyait que le *tanka* lui était destiné, qu'il l'avait écrit pour elle comme promis, et que... C'était tellement énorme, il en eut le sifflet coupé. Incapable d'aligner trois mots, et encore moins de détromper Tania, il ne put que grimacer un sourire niais. Attribuant sans doute son trouble à la timidité, la jeune femme eut le tact de ne pas insister et se contenta de le regarder une dernière fois, les yeux brillants, avant d'aller reprendre son service. Bilodo recommença à respirer. Non contente de le dépasser, la situation venait de prendre un tour d'avance. Inutile de chercher bien loin l'auteur de cette ignoble machination : là-bas, à l'autre bout de la salle, le sourire diabolique de Robert suffisait à tout éclaircir. Comme il savourait bien sa vengeance, le salaud. Bilodo attrapa sa veste et se dépêcha de s'éclipser, non sans répondre au petit salut empreint de délicieux sous-entendus que lui adressait Tania. Furieux, il alla attendre Robert près de sa camionnette.

Le préposé s'amena dix minutes plus tard. Il affichait toujours ce rictus jubilatoire dont il avait l'odieux secret, et s'informa de la date du mariage. Bilodo, indigné, lui reprocha de mêler hypocritement Tania à un différend qui ne concernait qu'eux. Narquois, Robert l'assura qu'il avait seulement voulu faire plaisir à Tania, bien qu'il n'eût jamais compris pourquoi elle en pinçait si fort pour un sale con de son espèce. Con, Bilodo admit qu'il devait bien l'être un peu pour ne pas s'être aperçu plus tôt que Robert était un sale chien. Le préposé rétorqua que c'était toujours mieux que d'être un imbécile de trou du cul et prévint Bilodo qu'il n'avait encore rien vu, que c'était désormais la guerre entre eux. À la suite de quoi, il démarra sur les chapeaux de roues.

Sachant pour l'avoir déjà vu à l'œuvre que Robert pouvait se montrer implacable, Bilodo passa le reste de la journée à s'inquiéter des formes angoissantes qu'étaient susceptibles de prendre ses menaces. En ce qui concernait Tania, une chose était sûre : si décevant que ce puisse être pour elle, il devait lui dire la vérité.

*

Les menaces de Robert ne tardèrent pas à se concrétiser. Le lendemain, en arrivant au Centre de tri, Bilodo, atterré, trouva sur le tableau d'affichage de la salle des employés une photocopie de son *tanka* faussement signé de son nom et reproduite sur du papier rose pour en accentuer l'impact visuel. D'autres copies avaient été distribuées à tout le Centre, particulièrement dans les cubicules de tri d'où s'élevaient des rires. Il semblait que l'univers entier eût pris connaissance du poème. C'était la blague du jour; nul ne croisait Bilodo sans y aller de sa petite allusion à l'amour, aux fleurs en particulier ou à l'horticulture en général. Impuissant, le facteur se retrancha dans un silence farouche, supportant stoïquement l'avanie. Le moment de prendre enfin la route lui parut une véritable délivrance, mais trois heures de marche rapide suffirent à peine à le remettre de ses émotions.

Peu avant midi, Bilodo se dirigea vers le Madelinot, fermement décidé à parler à Tania, à lui révéler la vérité, mais il comprit en passant la porte du restaurant que les manigances de Robert l'avaient précédé : on l'évitait du regard et les conversations s'éteignaient à son passage, sauf dans le coin des postiers où ça ricanait ouvertement autour d'un Robert à l'œil mauvais, au nez maintenant violacé. L'apercevant, Tania fit comme si elle ne le connaissait pas et disparut dans la cuisine.

— Ségolène ! Ségolène ! bramaient langoureusement les zouaves à l'autre bout de la salle.

Bilodo blêmit. À cet instant précis, il aurait donné cher pour être aux antipodes. Il faillit tourner les talons, puis se rappela qu'il devait d'abord parler à Tania et s'avança courageusement. Décidé à braver les bêlements, calembours et autres fines allusions poétiques, il alla s'asseoir au comptoir.

— Ségolène ! Emmène-moi dans ta chaloupe en Guadeloupe !

Bilodo serra les poings, se demandant combien de temps il allait pouvoir tenir. Tania ressortit de la cuisine avec un plateau chargé. Il lui fit signe, mais elle l'ignora souverainement et se dirigea vers les postiers. Ceux-ci ne ratèrent pas une si belle occasion de la taquiner : comptait-elle passer ses vacances en Guadeloupe cette année ? N'était-elle pas trop jalouse de sa rivale ? Était-elle disposée à former un ménage à trois ?... avant de faire remarquer que son fiancé Libido l'attendait au comptoir et que, si elle se dépêchait, elle aurait sans doute droit à un autre beau poème d'amour, rien que pour elle cette fois. Tania acheva de les servir sans desserrer les lèvres, mais il était évident qu'elle fulminait. Enfin, estimant sans doute que Bilodo avait suffisamment mariné, elle se présenta de l'autre côté du comptoir pour prendre sa commande, glaciale à couler une douzaine de *Titanic*. Que voulait-il ? une autre poire comme elle ? ou plutôt une belle dinde ? un cobaye pour tester un nouveau poème ? Navré, Bilodo répondit qu'elle se méprenait, qu'il devait lui parler en particulier, mais la serveuse répliqua que c'était inutile, qu'ils s'étaient déjà tout dit, et elle jeta sur le comptoir une boule de papier froissé.

— Tiens, ton poème, Libido ! fit-elle, cinglante.

Des applaudissements fusèrent du coin des postiers, et aussi d'ailleurs dans la salle, car Tania ne manquait pas de supporters : tous les clients observaient l'action avec intérêt. Poursuivant la serveuse jusqu'aux portes de la cuisine, Bilodo lui jura à voix basse que ce n'était pas sa faute, que le poème ne lui était pas destiné et n'aurait jamais dû lui être remis, mais Tania, qui n'était que méfiance, voulait savoir pourquoi il ne lui avait pas dit ça la veille au lieu de la laisser se ridiculiser. Pour couper court aux balbutiements de Bilodo, elle déclara qu'elle ne voulait plus rien savoir de leurs petits jeux malsains, à Robert et à lui : qu'ils se trouvent une autre victime et lui fichent la paix. De nouveaux applaudissements vinrent appuyer cette vibrante injonction. Tania se réfugia dans la cuisine en larmes, remplacée par monsieur Martinez, le cuistot de l'établissement, qui pesait un bon cent trente kilos d'animosité, sans compter son couteau de cuisine. Sans autre alternative que de battre en retraite, Bilodo sortit en toute hâte de ce restaurant où il n'était plus qu'un paria. Il voulait fuir très vite et se cacher au bout du monde, mais la rue tanguait sous ses pas ; ses jambes le trahissaient, et il fut obligé de s'asseoir sur les marches du premier escalier venu pour éviter de s'effondrer. Il était encore là, luttant contre le désarroi, s'efforçant de reprendre le dessus, de digérer le brouet de honte et de colère qui lui malaxait les entrailles, lorsque les postiers émergèrent du Madelinot, Robert en tête. Le préposé passa devant Bilodo, goûtant visiblement le triste spectacle de sa déchéance, et continua sans s'arrêter, triomphalement escorté par ses acolytes qui entonnaient un hymne dédié aux beautés exotiques de l'archipel guadeloupéen. Incapable de protester, Bilodo baissa les yeux et se perdit dans la contemplation des replis du *tanka* chiffonné qu'il avait toujours en main. Puis il le regarda plus attentivement et le défroissa, se rendant compte qu'il s'agissait d'une photocopie, et non de l'original ! Galvanisé, il héla Robert, déjà cent mètres plus loin avec ses sbires. Le préposé consentit à l'attendre tandis que Bilodo le rejoignait en courant. L'heure n'étant plus aux subtilités, Bilodo somma Robert de lui rendre sa lettre. Amusé par cette requête, le préposé déclara qu'il ne l'avait plus, son poème merdique, qu'il l'avait tout simplement posté, puis il s'éloigna, entouré de sa meute. Bilodo resta sur place, pétrifié par cette révélation : le *tanka* était en route.

Après toutes ces tribulations, c'était le retour au point de départ. Enso.

17

Le *tanka* s'acheminait inexorablement vers Ségolène, et toute autre considération avait été balayée. Les machinations de Robert, la douleur de Tania, les Postes, la vie, la mort, rien n'avait désormais d'importance pour Bilodo. Avait-elle reçu le poème ? L'avait-elle lu ? Était-ce le choc, la stupeur ? l'ennui, la déception ? la dérision ? Ou au contraire était-elle émue, séduite, et tout allait-il pour le mieux ? Soucieux de privilégier cette dernière hypothèse, Bilodo se rassurait au souvenir de la réaction initiale de Tania lorsqu'elle avait lu le *tanka* : ne laissait-elle pas présager favorablement de celle de Ségolène ? Puis, il repensait au jugement que Robert avait porté sur le poème et n'était plus sûr de rien. Merdique ! avait déclaré le préposé. Se pouvait-il que, par un affreux hasard, il eût raison ? Bilodo en faisait des cauchemars. Il voyait en songe s'entrouvrir des lèvres géantes qui articulaient le mot avec mépris :

— Merdique.

Et ces lèvres étaient celles de Ségolène, ces lèvres d'un rouge cruel, ces dents blanches de prédateur, cette bouche impitoyable qui redisait le mot assassin :

— Merdique.

Et c'était chaque fois comme un coup de poignard dans son cœur, car il savait que c'était vrai, qu'il était merdique, son poème, et qu'elle avait mille fois raison de le répéter pour le punir de sa bêtise. Et les dents de Ségolène déchiraient le *tanka* en mille fragments qui papillonnaient en tous sens, s'éparpillaient aux quatre coins du néant impassible, et, sur ces bouts de papier, Bilodo pouvait voir son propre visage reflété comme par autant de miroirs minuscules, sa détresse multipliée à l'infini...

Il rêvait, et en s'éveillant, il n'était plus sûr de rien, et c'était reparti pour un autre tour sur le manège de l'angoisse. Alors il se demandait s'il ne devait pas agir au lieu d'attendre, s'il ne devait pas écrire à Ségolène et tout lui avouer, lui apprendre que Grandpré était mort, que lui-même n'était qu'un pauvre imitateur, et ainsi soulager au moins sa conscience, puis il se ravisait et se raisonnait encore une fois, sachant que c'eût été se trahir et sonner le glas de cette précieuse correspondance qui était encore et toujours et plus que jamais le sel de son existence.

Bilodo pouvait en témoigner, lui qui oscillait telle une girouette entre l'espérance et la résignation : rien n'était pire que l'attente quand elle se doublait d'incertitude.

*

La réponse de Ségolène arriva enfin. Quittant son cubicule, Bilodo courut se barricader dans les toilettes. Prêt à connaître le prix de son audace, il retint son souffle et déplia le feuillet. Un poème de cinq vers. Elle lui répondait par un *tanka* :

Nuit de canicule
peaux moites des draps
brûlent mon ventre et mes lèvres
Je vous cherche, je m'égare
je suis cette fleur éclose

Bilodo cligna des yeux, croyant avoir lu de travers, pourtant non. Il n'y avait pas d'erreur.

Les mots étaient bien ceux-là, les vers étaient bien ces vers, et le poème, ce poème.

Il s'était attendu à une lettre désapprobatrice, ou peut-être à un simple haïku du genre de ceux qu'ils avaient coutume de s'écrire, ou encore, dans le plus heureux des cas, à un *tanka* romantique tel que le sien, mais certainement pas à ce débordement de sensualité, à ce poème torride. Qu'est-ce qu'il lui avait pris ? Éprouvant un tiraillement dans la région pelvienne, Bilodo se rendit compte qu'il était en érection, étonnante manifestation qui acheva de le déconcerter. Jamais une lettre de Ségolène n'avait provoqué chez lui une telle réaction. Non que ce fût la première fois qu'il bandât en son honneur, bien au contraire ; cela lui arrivait tout le temps lorsqu'il rêvait d'elle. Mais pas comme ça, au grand jour, sans l'excuse commode de l'inconscience.

C'était évidemment dû à la teneur particulière du *tanka*, à tout cet érotisme dont il était empreint. Ségolène avait-elle prévu l'effet que provoquerait son poème ?

Était-ce accidentel ou délibéré ? Comment Bilodo était-il supposé prendre la chose ? Qu'allait-il pouvoir répondre ?

*

Il rêva cette nuit-là d'un serpent qui rampait parmi des fougères et s'insinuait subrepticement entre les racines brunes et lisses d'un arbre au tronc orné de lianes. Sauf que l'arbre n'était pas un arbre mais un corps, le corps nu de Ségolène endormie, sa flûte à côté d'elle. Doucement pour ne pas la réveiller, le serpent grimpait sur sa gorge, se lovait autour de ses membres, se glissait entre ses seins, descendait sur son ventre, goûtait l'air de sa langue bifide, puis s'aventurait plus bas encore vers cette vallée sombre, ce triangle touffu entre ses cuisses... Subjugué par ce rêve ophidien, Bilodo se réveilla excité comme jamais, quoique ce fût pratiquement son état normal depuis la veille : l'érection persistait, impérieuse, ne discontinuant brièvement que lorsqu'il parvenait à penser à autre chose qu'au *tanka* de Ségolène. À la relecture de ce dernier, Bilodo se demanda encore une fois si sa perception était juste, si la coloration sexuelle qu'il attribuait au poème n'était pas le fruit de sa propre imagination perverse, et en vint à la conclusion que ce n'était pas le cas. Le *tanka* était cochon, point. Que Ségolène l'eût écrit en toute ingénuité ou que ce fût à dessein, il n'y avait qu'une seule manière d'y répondre :

Vous n'êtes pas que la fleur
vous êtes tout le jardin
Vos parfums m'affolent
j'entre dans votre corolle
et je vous butine

18

L'océan lèche la grève
l'embrasse de son ressac
ainsi nos lèvres s'effleurent
se fuient et se frôlent
s'épousent enfin

Chocolat de Pâques
œuf enrubanné
votre épaule dénudée
dont a glissé la bretelle
je la croquerais tout rond

Tendre anthropophage
si vous me croquez
il faudra me manger toute
ou sinon ce sera vous
qui finirez sous ma dent

Je serai le vent
fou dans vos cheveux
en ravissant le parfum
me glissant sous votre jupe
impatientant votre peau

Mes orteils s'agitent
se recroquevillent
électrisés de plaisir
C'est à cause de mes doigts
je pense trop fort à vous

*

C'était une douce ivresse, une fièvre voluptueuse qui faisait vivre deux fois plus fort, un courant tumultueux contre lequel on n'avait nulle envie de lutter, auquel on ne pouvait que s'abandonner, et d'ailleurs Bilodo ne désirait rien d'autre. Il n'ambitionnait que de pousser plus loin la sensuelle expérience, l'audacieuse épellation anatomique, et d'aller jusqu'au bout du vertige. Cette quête l'occupait tout entier. Il ne mettait presque plus le nez dehors, indifférent aux charmes de mai, mois qu'il préférait pourtant à tout autre. Il n'était pas retourné au Madelinot ; mortifié que Tania ait pu croire qu'il avait voulu la ridiculiser, il n'osait plus se présenter devant elle. D'ailleurs, il n'allait plus travailler. Incapable de supporter davantage l'opprobre dont il était victime au Centre de tri, il avait demandé et obtenu un congé sans solde de six mois. Ainsi, il pouvait se consacrer entièrement à Ségolène.

*

Votre gorge à l'horizon
dune aux pentes satinées
En goûter le miel
m'y désaltérer
comme un vampire amoureux

Égarée dans l'erg
ma bouche rampe assoiffée
enfin là-bas l'oasis
le bout de ma langue y plonge
c'est votre nombril

Lisses fuseaux de vos jambes
que capte un rayon lunaire
pour les modeler
le sculpteur a pris
le plus fin des acajous

Vos mains me soulèvent
me prennent, me plient
me façonnent, m'incendient
font de moi ce qu'elles veulent
Je suis un jouet entre elles

Sous l'écran de votre robe
à la croisée de vos cuisses
un fleuve se cache
secret Amazone
Laissez-moi le remonter

Le tissu de votre peau
glisse sur la mienne
J'aimerais pouvoir l'y coudre
pour faire qu'elles se touchent
partout à la fois

*

Le *tanka* était-il vraiment le meilleur outil lorsqu'il s'agissait de ciseler le désir ? Cette forme qui avait si bien servi Bilodo lorsqu'il était question d'expliciter les sentiments commençait maintenant à lui peser, lui semblait trop cérébrale. Cherchant un moyen de délester sa plume, il décida de revenir à la simplicité fondamentale du haïku, mieux apte, croyait-il, à faire sourdre les pulsions artésiennes.

Vos seins – monts jumeaux
sous mes doigts se dressent
leurs fiers sommets érectiles

Et Ségolène dut apprécier l'initiative puisqu'elle se pressa d'emprunter le même raccourci :

Robuste racine
vibrant dans ma main
gorgée de sève brûlante

L'histoire de la naissance du haïku se trouvait ainsi répétée : dépouillée des mots en trop comme de vêtements abandonnés sur le chemin de la chambre, la poésie se révélait dans son essentielle nudité. Mais Bilodo n'était pas satisfait : n'en pouvant plus de la lenteur de la poste ordinaire, il passa aux envois exprès. Ségolène fit de même, et le délai d'attente s'en trouva raccourci. L'échange s'accélérait, la respiration se faisait haletante, mais ce n'était pas encore assez rapide pour Bilodo qui commença à expédier des poèmes à la Guadeloupéenne sans même attendre qu'elle y réponde, lui écrivant bientôt un haïku par jour. Et Ségolène aussi se mit à lui envoyer haïku après haïku sans plus se soucier d'attendre les siens. Une nouvelle lettre d'elle tombait presque chaque matin sur le paillasson. Les poèmes se précipitaient, se bousculant sans plus aucune chronologie, mais continuant pourtant de se répondre d'une manière étrange :

Fleur de votre chair
dont les doux pétales
dissimulent une perle

Aventurez-vous
au plus chaud de moi
arrimez-vous à mon ventre

Me voici j'avance
ton ventre m'accueille
toutes tes bouches m'avalent

Tu voyages en moi
contemple mon paysage
nage dans mon lac

Je voyage en toi
je pénètre jusqu'au cœur
de ta capitale

Tremblement de mer
j'explose en dedans
intime supernova

Tsunami de feu
déferlent les laves
je meurs éternellement

La vague me porte
je n'ai plus de nom
je ne suis qu'une couleur

Peaux d'astres – voiles tendues
que le vent solaire
pousse à l'infini

19

On ne saurait planer à jamais. Finalement rattrapé par la gravité, Bilodo retomba sur terre, encore abasourdi par la lente détonation de l'orgasme poétique qu'il venait de connaître. C'était donc vrai que l'amour donnait des ailes. Jamais il n'avait étreint une femme comme il l'avait fait là-haut, dans les sphères. Il avait senti Ségolène si proche, tout entière à lui, tout en lui comme il avait été tout en elle, et savait qu'elle avait aussi ressenti cette déflagration intérieure. Il en était sûr, elle avait joui en même temps que lui. Quel poème pouvait-on écrire sans décevoir après un si complet assouvissement de la passion ? Peut-être quelque chose de doux soufflé à l'oreille de l'amante juste avant le sommeil ?

En quête d'une idée, Bilodo endossa son kimono, puis jeta un coup d'œil méditatif à la fenêtre et vit qu'une neige clairsemée chutait paresseusement dans la rue des Hêtres. L'hiver déjà ? En avait-il donc perdu un si grand bout ? L'été avait-il filé comme une comète sans qu'il s'en aperçoive, insensible qu'il était à tout ce qui outrepassait les limites de son monde intérieur ? Puis, à mieux y regarder, il comprit que ce n'était pas de la neige qui tombait, mais du pollen soulevé par le vent, une pluie de pollen provenant des arbres du parc voisin. C'était à s'y méprendre. L'hiver en plein été. Ce tableau surréel s'accordait bien à l'humeur de Bilodo et lui procura l'inspiration qu'il cherchait :

Comme un duvet sur l'asphalte,
une ondée de confettis
chute la première neige
sur ton corps de nuit
épuisé d'amour

*

Mascarade des nuages
la lune change de peau
tendre est ce moment
sur la véranda
où je ne pense qu'à vous

Un canyon aride
que n'irrigue aucun ruisseau
où rien ne croît
Telle est mon âme asséchée
entre chaque mot de vous

Il n'est aucun lieu
ni nulle minute
où vous ne m'accompagniez
Avant votre poésie
j'ignorais que j'étais seule

Il veille, le chien
sur sa maîtresse endormie
il mourra pour elle
Du pauvre fou que je suis
faites votre chevalier

Vous me faites trop d'honneur
Je suis votre humble servante
Mais si vos lubies l'exigent
je serai aussi
votre Dulcinée

Les moulins à vent
ne me font pas peur
les méchants géants non plus
Je ne crains que votre ennui
devant ma triste figure

Au mur du lycée
une vieille horloge
donne fidèlement l'heure
aux gens du quartier
Mon cœur ne bat que pour vous

*

Regardant fortuitement un calendrier, Bilodo fut étonné de constater que le mois d'août était sérieusement entamé. Il y aurait bientôt un an que Grandpré avait quitté ce monde. Elle approchait rapidement, la date fatidique qui avait vu l'existence de Bilodo basculer, mais c'était sans crainte ni tristesse qu'il en faisait le constat, car bien plus qu'un décès, cet anniversaire marquerait une naissance, une seconde naissance, la sienne, et aussi le début de sa tendre relation épistolaire avec Ségolène. L'événement n'aurait évidemment de signification que pour lui : à ses yeux à elle, il s'agirait d'une journée comme les autres, mais l'achèvement de cette première année de félicité ne lui paraissait pas moins digne d'être commémoré, fût-ce discrètement :

Je n'étais qu'hiver
vos mots furent mon printemps
votre amour l'été

Que nous prépare l'automne
avec ses roux et ses ocres ?

Quelques jours plus tard, la réponse de Ségolène plongea Bilodo dans les affres de l'horreur. Ségolène aussi espérait beaucoup de l'automne...

Enfant je rêvais
de l'automne canadien
j'ai acheté mon billet
je m'envolerai le vingt
voulez-vous de moi ?

20

Le beau rêve d'amour ensoleillé tournait au cauchemar. Qu'est-ce que c'était que cette folie ? Voir l'automne canadien ? Où voulait-elle en venir ?

C'était absolument impossible. Ségolène ne pouvait débarquer ainsi à Montréal, sinon tout était fichu, tout s'écroulerait. Comment l'illusion pourrait-elle tenir puisqu'elle connaissait l'apparence de Grandpré, à cause de ces maudites photos qu'ils avaient échangées ? Mais comment la dissuader d'entreprendre ce voyage insensé ? Comment lui dire non ?

Elle arriverait le 20 septembre, ce qui laissait à Bilodo trois semaines pour trouver une parade, pour inventer un prétexte quelconque. Lui écrire qu'il devait lui-même partir en voyage ? qu'il devait s'absenter du pays pendant le mois de septembre et ne pouvait malheureusement l'accueillir ? Mais si elle proposait de remettre sa venue à plus tard, après son retour ?

*

Comment pouvait-elle être aussi idiote ? Ne se rendait-elle pas compte qu'elle allait tout compromettre, qu'elle mettait stupidement en péril la parfaite relation qui avait été la leur ? Mais évidemment ce n'était pas sa faute : elle ne pouvait pas savoir. Bilodo devait admettre qu'il était le seul responsable de son malheur. N'aurait-il pas dû avoir la sagesse de prévoir ce qui risquait d'arriver, de pressentir qu'on en viendrait là tôt ou tard ? Comment avait-il pu être aussi aveugle ?

Que faire ? La prévenir qu'il avait subi récemment une chirurgie esthétique modifiant considérablement son apparence ? Ou alors fuir ? Déménager d'urgence ? Quitter cet appartement dont elle connaissait l'adresse, où elle se présenterait inévitablement ? La laisser seule devant l'inexplicable mystère de sa disparition ? Mais comment porter ensuite un tel fardeau de culpabilité, de lâcheté, d'espoir déçu ? Comment oublier, comment survivre ?

*

Il n'y avait aucune échappatoire. Bilodo se savait coincé, aussi irrémédiablement piégé que la souris sous le cruel acier du piège. C'était la fin du rêve douillet, l'éclatement de cette bulle bienheureuse dans laquelle il avait si longtemps flotté, et cette rupture l'emplissait d'une colère impuissante. Il ne pouvait se résoudre à perdre Ségolène, mais n'avait pas le courage de l'affronter. Toutes les options étaient pourries, toutes les portes closes. C'était l'impasse.

*

Il était tôt le lendemain lorsque le téléphone sonna. Indifférent, Bilodo laissa le répondeur s'enclencher là-bas, au fond du salon. C'était un éditeur, l'un de ceux auxquels il avait proposé le manuscrit *Enso*. Le type expliquait brièvement qu'il aimait beaucoup le recueil, qu'il désirait le publier, et demandait qu'on le rappelle sans tarder. Sortant de la position fœtale dans laquelle il se trouvait depuis des heures, Bilodo se leva et alla réécouter le message. Le destin avait de ces ironies. Cette nouvelle dont il se serait réjoui la veille encore ne lui inspirait maintenant qu'amertume. À quoi bon ? Qu'est-ce que la publication des poèmes de Grandpré pouvait changer à sa situation inextricable, sinon pour la compliquer davantage ? Est-ce que tout n'était pas fichu de toute façon ?

Il ouvrit le manuscrit au hasard, un peu comme on ouvre un tarot en quête d'une révélation, et tomba sur ce haïku :

Percer l'horizon
voir derrière le décor
embrasser la Mort

Le poème pénétra son âme, prenant tout à coup un sens inédit, et Bilodo comprit quelle était la seule façon de s'en sortir, l'ultime solution à tous ses problèmes.

Il se dressa, sachant ce qu'il lui restait à faire.

21

L'évidence s'imposait. C'était bien la voie qu'il fallait emprunter, mais non sans accomplir d'abord certains préparatifs. Bilodo rédigea un mot à l'intention de l'éditeur qui venait de téléphoner, l'autorisant à publier *Enso* à son gré. Il plaça la lettre sur le bureau pour être sûr qu'on la trouve facilement, puis octroya à Bill une double ration de sa nourriture préférée et fit ses adieux au poisson, le remerciant de son indéfectible amitié. Il était maintenant prêt à partir.

La grosse poutre ajourée qui ornait le plafond du salon ferait parfaitement l'affaire. Il poussa juste dessous la petite table en forme de feuille, puis retira la ceinture de son kimono et en testa la résistance. Satisfait, il plongea dans ses souvenirs d'enfance, remontant à l'époque insouciante où il faisait partie des louveteaux, et façonna sans difficulté un nœud coulant. Il tenait à faire les choses proprement. Pas question de se trancher les veines ou d'utiliser un pistolet, méthodes aussi dégoûtantes l'une que l'autre. Bilodo voulait s'en aller dignement, en ne laissant qu'un minimum de traces : la pendaison était sans doute le procédé le moins salissant.

Il grimpa sur la petite table, noua le bout de la ceinture à la poutre, puis serra le nœud coulant autour de son cou.

Ça y était. Le moment d'embrasser la Mort. Il suffisait d'un coup de talon pour faire basculer la table et abréger ses souffrances. Bilodo inspira profondément, ferma les yeux et...

La sonnette de la porte vrilla le silence.

Bilodo tressaillit, hésita. Il décida d'attendre un peu, espérant que l'importun s'en irait sans insister, mais on sonna de nouveau. Il ressentit un curieux mélange de soulagement et de contrariété. Qui donc osait venir le déranger en ce moment crucial, lui qui n'avait reçu la visite de personne depuis des mois ? Retirant le nœud coulant, il descendit de la table, alla coller un œil au judas de la porte. Le visage déformé qui apparut de l'autre côté était celui de Tania.

*

Tania. Il l'avait presque oubliée. S'il était une dernière personne à qui Bilodo devait encore des explications, c'était bien à la jeune serveuse. Vaguement craintif, il déverrouilla les trois serrures, défit les quatre chaînes de sûreté et ouvrit. L'apercevant dans l'embrasure, Tania parut encore plus surprise que lui. Avec un peu d'inquiétude, elle lui demanda s'il allait bien et avoua qu'elle le trouvait fort changé. Bilodo n'en fut pas étonné : après tant d'émotions, et cette grave décision d'embrasser la Mort, il devait certainement arborer une tête de déterré. Dans un sourire rassurant, il déclara ne s'être jamais mieux porté de sa vie. Visiblement peu convaincue, la jeune femme s'excusa de le déranger et expliqua confusément qu'elle avait eu son adresse par l'entremise de Robert. Bilodo voulut s'excuser à son tour de ce qui s'était produit la dernière fois au Madelinot, mais elle le devança et insista pour s'attribuer une part du blâme : ayant cuisiné Robert et obtenu ses aveux, Tania savait maintenant que Bilodo n'était pas responsable de ce qui s'était passé, et elle estimait d'ailleurs que c'était surtout sa faute à elle car rien ne serait arrivé si elle ne s'était complu à s'imaginer... des choses, n'était-il pas vrai ? Elle dansait sur place, nerveuse, embarrassée, dans l'attente qu'il confirme ce qu'elle venait de dire, ou l'infirme peut-être. Puis, comme rien ne venait, elle passa au second objet de sa visite et lui annonça qu'elle s'en allait, qu'elle déménageait, qu'elle quittait son emploi au restaurant et partait s'installer en banlieue. Espérait-elle une réaction de sa part ? Son impassibilité la décevait-elle ? Sans rien laisser paraître, elle lui tendit un bout de papier, expliquant qu'il s'agissait de sa nouvelle adresse au cas où... si jamais il voulait... À la vue du feuillet, Bilodo constata qu'elle s'était donné la peine de calligraphier soigneusement ses nouvelles coordonnées au pinceau, à la japonaise. Le résultat était du plus bel effet, et il l'en complimenta chaleureusement. Elle l'invita à lui faire signe si jamais ça lui disait. Il promit qu'il n'y manquerait pas. Qu'il n'hésite surtout pas, ajouta-t-elle encore avec un sourire contraint. Il y eut alors un moment de gêne silencieuse. Ils étaient là, plantés sur le balcon sans rien dire, sans oser se regarder, et ça dura bien une dizaine de secondes interminables. Rompant enfin cette pause, Tania déclara qu'elle devait y aller. Elle le salua et descendit les marches d'un pas raide. Sur le trottoir, elle se retourna pour voir s'il était toujours là, puis accéléra le pas pour se dépêcher de partir. Bilodo crut apercevoir un scintillement sur sa joue. Une larme ? Il fut envahi tout à coup par une puissante émotion. C'était comme un vide cuisant, comme une belle pensée qui avorte au moment de s'envoler, qui s'évanouit avant même d'avoir pu prendre forme. Une boule brûlante obstrua la gorge de Bilodo, et il s'aperçut que des larmes lui brouillaient le regard. Il fut subitement tenté d'appeler Tania, de la héler avant qu'elle soit trop loin, et sa main se leva, se tendit vers elle, il voulut crier, mais nul son ne parvint à franchir ses lèvres. Au coin de la rue, Tania tourna à droite et se déroba à sa vue. La main de Bilodo retomba. Dans la rue, le vent se mordit la queue, faisant tourbillonner des bouts de journaux. Les yeux tournés vers le ciel, Bilodo le trouva bouché et gris, lourd de nuages obèses. Un ciel qui sentait l'orage. Il frémit, rentra.

*

Bilodo referma distraitement la porte et contempla le feuillet où étaient écrites les nouvelles coordonnées de Tania, non moins fasciné par les caractères qui s'y trouvaient si joliment calligraphiés que par les potentialités nouvelles qu'ils suggéraient. Les lettres et les chiffres semblaient flotter à la surface du papier, luire dans la pénombre. Alors qu'il mesurait l'ampleur du changement que cette visite impromptue avait opéré en lui, Bilodo resta confondu : l'émotion provoquée par la larme de la jeune femme, et cet espoir insensé qui germait subitement à l'idée du simple bout de papier qu'elle avait semé derrière elle. Y avait-il quelque chose d'une suprême importance qu'il se fût caché à lui-même ? Se pouvait-il qu'il y eût une issue autre que celles jusque-là envisagées, une meilleure façon de s'en sortir ? Existait-il réellement une possibilité de vie après la mort ou, mieux encore, avant ?

Revenu dans le salon, il se figea net devant le nœud coulant qui pendait du plafond. Bilodo sentit son estomac se révulser. La perspective de mourir, qui tantôt encore lui semblait salutaire, le terrifiait maintenant, et la pensée de l'acte qu'il avait failli commettre lui levait le cœur. En proie à une violente nausée, il courut vomir dans les toilettes. Se redressant enfin, il se sentit littéralement vidé et dut s'accrocher au lavabo pour ne pas s'effondrer. Il avait besoin de se rafraîchir. Il fit couler l'eau froide, s'aspergea copieusement le visage. Ces ablutions le réconfortèrent un peu. Il s'ébroua, puis jeta un coup d'œil pessimiste dans la glace, histoire de contempler la tronche de zombi qui allait s'y refléter.

Ce qu'il vit l'épouvanta. Dans le miroir s'encadrait la tête échevelée et barbue de Gaston Grandpré.

22

Bilodo regardait sans y croire ce visage qui ne pouvait être là, qui n'aurait pas dû se trouver dans la glace à la place du sien puisqu'il appartenait à un mort. Voulant l'en chasser, il cligna très fort des yeux puis s'asséna une gifle cuisante, mais Grandpré restait obstinément accroché dans le miroir, imitant chacun de ses gestes, l'observant avec une stupéfaction non moindre que la sienne. Bilodo en vint à l'évidente conclusion qu'il était devenu fou. Puis certains détails de la physionomie de l'occupant de la glace mobilisèrent son attention, l'amenant à reconsidérer ce jugement peut-être hâtif. Ce n'était pas tout à fait Grandpré. Ces yeux verts étaient ceux de Bilodo et non ceux, bleus, du défunt, tout comme ces sourcils d'ailleurs, plus fins, moins touffus que ceux de Grandpré, et ce nez légèrement épaté, et cette lèvre inférieure nettement moins charnue... Se reconnaissant peu à peu au creux du visage de l'autre, Bilodo admit qu'il ne rêvait pas ni n'avait sombré dans la psychose, et que ce type en face, c'était bien lui, quoique transformé de manière presque incroyable.

Dans un puissant effort de rationalisation, il comprit que ce qu'il observait dans la glace était le résultat de plusieurs mois de négligence corporelle. Absorbé par son aventure poétique, il avait totalement oublié de s'occuper de sa personne, omettant les soins les plus élémentaires, et ne se donnant même pas la peine de se regarder dans le miroir, au point d'en arriver à ça : ce choc visuel, ce portrait décadent de lui-même. Mais le hasard seul pouvait-il expliquer un tel degré de similitude avec Grandpré ? Celle-ci ne provenait-elle pas plutôt d'une volonté inconsciente de s'identifier à son prédécesseur ? Bilodo pouvait-il avoir tellement voulu se prendre pour Grandpré qu'il avait fini par s'en rapprocher physiquement au point qu'on puisse les confondre ? L'illusion était saisissante, en tout cas : avec cette barbe de plusieurs mois et cette tignasse hirsute que n'avait pas fréquentée le peigne depuis aussi longtemps, et drapé dans ce kimono, il ressemblait de manière frappante au défunt. Pas étonnant que Tania ait paru si surprise de le voir ainsi : pendant un instant, elle avait sans doute cru voir apparaître le fantôme de Grandpré. Décidé à s'attaquer sur-le-champ à cette barbe drue, Bilodo fit couler l'eau chaude et sortit son rasoir, mais son geste demeura suspendu. Une idée venait de surgir : si Tania avait pu s'y laisser prendre, elle qui pourtant avait bien connu le défunt, et si Bilodo lui-même avait pu y croire pendant un moment, pourquoi pas quelqu'un qui n'avait jamais vu Grandpré qu'en photo ?

Bilodo déposa son rasoir, transfiguré. L'automne ne devenait-il pas possible tout à coup ?

Ne devait-il pas saisir cette chance unique d'accueillir Ségolène ? Ne désirait-il pas communier avec elle par la chair autant que par les mots ? Ne voulait-il pas l'aimer autrement qu'en songe, fût-ce dans la peau d'un autre, l'aimer réellement comme elle le méritait, comme ils le méritaient tous deux, et commencer enfin à vivre pour de vrai ?

Pouvait-il ignorer une si merveilleuse occasion de renverser le sort ? En avait-il le droit ?

Que faisait-il là à hésiter encore ? Qu'attendait-il pour l'inviter à venir vivre en sa compagnie le glorieux automne canadien dont elle rêvait ?

*

Volez vers l'automne
il n'attend que vous
pour déployer ses couleurs

Dans son euphorie, Bilodo se voyait déjà à l'aéroport, accueillant la Guadeloupéenne alors que, timide, elle paraissait à la porte des arrivées, et lui s'imaginait roulant avec elle, cheveux au vent au sein d'un magnifique automne de carte postale. Déjà il savourait leur premier baiser, anticipait la chaleur de la première étreinte, s'égarait parmi les cheveux d'aube répandus de Ségolène. Mais pour que puissent prendre corps ces merveilleuses visions, il fallait d'abord poster le haïku.

Bilodo venait juste d'apposer un timbre sur l'enveloppe lorsque le ciel gronda. Le tonnerre. Après avoir menacé toute la matinée, l'orage éclatait enfin ; ses premières gouttes grasses percutaient la vitre du salon. Résolu à ne pas laisser le mauvais temps empêcher l'expédition de son poème, Bilodo attrapa un parapluie et sortit. Alors qu'il se trouvait encore sur le balcon, un éclair photographia la rue, immédiatement suivi par un craquement retentissant, et l'averse prit tout à coup des allures de mousson. De l'autre côté de la rue, à travers le rideau aqueux, il entrevit une camionnette des Postes.

Était-ce déjà l'heure de la levée du courrier? Il fallait le croire, puisque Robert était là, se dépêchant de transférer le contenu de la boîte dans un sac sous la pluie battante. Bilodo hésita. La présence du préposé le contrariait. Il ne lui avait pas reparlé depuis les incidents du printemps et n'avait aucune envie de subir ses sarcasmes. D'ailleurs, Robert n'était pas seul; il y avait à son côté un facteur, celui sans doute qui remplaçait Bilodo dans le quartier, un type qu'il ne connaissait pas, qu'il n'avait même jamais vu, mais dont il commençait à se méfier ces derniers temps, car il le soupçonnait d'avoir tenté d'ouvrir certaines lettres de Ségolène.

Il pleuvait à seaux maintenant. Pressé de se mettre au sec, Robert referma la boîte postale et balança le sac dans la camionnette. Il allait partir d'un instant à l'autre. Le désir de poster son haïku l'emportant sur toute autre considération, Bilodo se résigna à piétiner son orgueil et poussa un grand cri afin d'attirer l'attention du préposé. Celui-ci se retourna, l'aperçut. Brandissant sa lettre, Bilodo dévala les marches pour s'élancer dans la rue inondée. L'autre type, le facteur, se mit à gesticuler, cria à son intention quelque chose d'indistinct, puis il y eut un coup de klaxon déchirant, et ce fut le choc.

Le monde voltigea autour de Bilodo, comme au ralenti, comme dans un rêve. Il tournoya dans l'espace, se demandant ce qui lui arrivait, puis il y eut un second choc, et le monde redevint stable, pesant, et dur sous son dos. Le ciel fulgurait et tonnait, lui bombardait les yeux de pluie. Il tenta de bouger, mais s'en trouva incapable, et s'aperçut qu'il avait affreusement mal. Une silhouette s'interposa entre l'orage et lui. Un visage familier, celui de Robert. Puis apparut un second visage, celui du facteur, également familier mais pour une tout autre raison : c'était le sien. Le facteur portait son visage d'ancien Bilodo, le Bilodo d'avant la métamorphose, ce Bilodo aux joues glabres et au regard clair qu'il avait été autrefois.

C'était lui-même, le « lui » d'avant, qui le regardait de là-haut.

23

Comment pouvait-il se trouver étendu sur l'asphalte mouillé et en même temps là-haut, s'observant lui-même ? Par quelle sorcellerie ? Bilodo voulait désespérément comprendre avant qu'il soit trop tard, et la réponse lui fut suggérée comme par une voix intérieure chuchotant les mots du haïku qui inaugurait et concluait le recueil de Grandpré :

Tourbillonnant comme l'eau
contre le rocher
le temps fait des boucles

C'était exactement ce qui était en train de se produire. Le passé se répétait. C'était un mauvais tour que lui jouait le temps. Tourbillonnant contre ce rocher planté au fil du courant qu'était le moment de l'agonie de Grandpré, le temps s'était trouvé coincé comme dans un remous, formant une boucle dont Bilodo était prisonnier.

Grandpré l'avait-il pressenti ? Avait-il su en l'écrivant que son haïku était prophétique ?

Une vie en forme de boucle. Bilodo s'était échoué sur les hauts-fonds du temps. C'était d'une si monumentale, d'une si magnifique absurdité qu'il ne put qu'en rire malgré la douleur accablante. Il rit, avalant l'averse, et plus il riait, plus il trouvait ça drôle. Puis sa gorge se noua et son rire s'éteignit. Ça n'avait rien de réjouissant au fond. C'était même tragique : après tout, il mourait, sans aucune consolation, sans même le réconfort de savoir si sa mort serait une libération, car il suffisait de voir l'autre Bilodo, de voir ce regard acéré qu'il dirigeait vers la lettre entre ses doigts pour comprendre que le film n'allait pas s'arrêter là, que son tour viendrait et que la boucle se perpétuerait, l'entraînant lui aussi vers sa propre fin, puis celui qui viendrait ensuite, et l'autre encore qui lui succéderait, et ainsi à jamais. C'était aussi cruel que ça : Bilodo était condamné à une mort éternellement répétée, et rien ne pouvait conjurer cette malédiction. Sauf peut-être...

Retenir la lettre ? L'empêcher de glisser dans le caniveau ? La retenir assez longtemps pour que l'Autre s'en empare, et la lise sans doute, et décide peut-être de la poster, aiguillant ainsi sa vie sur une autre voie du temps, et alors qui pouvait savoir ? La boucle ne serait-elle pas dénouée, et la damnation désamorcée ? Ralliant ses dernières forces, il les canalisa vers les doigts de sa main droite, qui enserrèrent un peu plus étroitement la lettre. Il ferma les yeux pour mieux exercer sa volonté, et sur l'écran de ses paupières closes apparut une image insolite : un cercle rouge ou, plutôt, une roue de feu qui tournait sur elle-même.

Toujours la boucle maudite. Le serpent mordait sa queue. Le temps se cannibalisait lui-même.

Ressurgirent tout à coup à la surface de la mémoire de Bilodo ces paroles obscures, ces mots ultimes que Grandpré avait bredouillés juste avant d'expirer : « en dessous », avait-il cru entendre. Il n'avait pas compris alors de quoi il s'agissait, mais le savait maintenant avec une éblouissante certitude :

— Enso..., râla-t-il alors que le désertait le dernier souffle de sa vie.

Mis en pages par DV Arts Graphiques à La Rochelle,
cet ouvrage a été achevé d'imprimer
par CPI Firmin-Didot
pour le compte des Éditions Anne Carrière
39, rue des Mathurins 75008 Paris
en avril 2015

Imprimé en France
Dépôt légal : avril 2015
N° d'édition : 774 – N° d'impression : 127443